— 書き下ろし長編官能小説 —

とろめき熟女と夢の新性活

桜井真琴

竹書房ラブロマン文庫

目次

※この作品は竹書房ラブロマン文庫のために
書き下ろされたものです。

プロローグ

小学生のときのことだった。

その日の夜はひどい嵐だったのを、今でも鮮明に覚えている。

水沢拓也は、いつものように近所の同い年の幼なじみ、松岡亜矢の家に遊びに行って夕食をごちそうになっていた。

「拓くん、おかわり、どう？」

亜矢の母親の千佳子が立ちあがり、近くまで来て手を出してきた。

「あっ、じゃあ、ちょっとだけ……」

茶碗を渡したとき、千佳子のセミロングの栗髪が、ふわりと甘いシャンプーかリンスの匂いを漂わせた。

（わあっ……千佳子おばさんっ……いい匂いっ）

ドギマギした。

というのも千佳子はとても優しくて、それに学校でも話題になるほどの美人ママなのである。

年齢は三十五歳。

若々しくて「おばさん」とは呼んでいても、実際はお姉さんみたいだった。

（はあ……おばさんってキレイで可愛いよなあ）

ふんわりした、さらさらのシルクみたいな栗色の髪。

色白の肌に、優しげでタレ目がちな瞳。

大きくてクリッとした双眸（そうぼう）は、いつも困ったようなとろんとした表情に見えて、見つめられるだけで、子どものくせに妙にドキッとしてしまうのである。

性格もとにかく明るくて、そしてドジっぽいところがいい。

この前も、せっかくお米をといだのに内釜ごと入れ忘れて、飯器のスイッチを入れてずっと「炊けないなあ」と言っていたり、ゴキブリだと思って、小さな埃（ほこり）とずっと戦っていたり、天然エピソードには事欠かない。

だが……。

最近、拓也が千佳子を見て、ときめいている理由は別にあった。

「はい、どうぞ」

千佳子が茶碗を渡してくれる。

「あ、ありがと」

受け取ったとき、いけないと思うのに、ついつい見てしまった。

そのとき、千佳子はピンクのVネックニットに白い膝丈のスカートという格好だったのだが、襟ぐりから胸のふくらみが、ちらりと覗けたのだ。

(おばさんって、おっぱい大きいよなあ……)

このところ、大人の女の人のおっぱいやお尻を見ていると、ゾワゾワするような気持ちを感じるようになっていた。

特に千佳子に対しては、そのゾワゾワが妙に大きいのだ。

(な、なんでこんな気持ちになるんだろ……)

ドキドキしていると、テーブルの上にあった千佳子のスマホが鳴った。

「パパから？」

亜矢がうれしそうに言う。

千佳子は小さく頷いて、電話に出た。

「もしもし。あなた……えっ……はい」

表情が一瞬で曇った。

どうやらあんまりいい話ではなかったようだ。

「仕方ないですね。はい……気をつけて」

座ると、千佳子は小さなため息をついた。

表情が険しい。

「パパ、どうしたの？」

「うん……遅くなりそうだし、雨がひどいから、今日は会社の近くのホテルに泊まるって」

「えー？　またあ？　ここんところ多くない？」

亜矢が頬をふくらませる。

「忙しいのよ、パパは。仕方ないでしょ」

なだめるように言いつつも、千佳子は何かに怒っている感じだった。

スマホを置いた千佳子はキッチンまで行って、缶ビールを持って戻ってきた。

(あれ？　おばさんって、お酒飲むんだ)

珍しいなと思っていると、

「たまに飲みたくなるのよねえ。あんまり強くないけど」

と、妙に言い訳がましく言いつつ、グラスについで一息にあけてしまう。

「はー、美味しい。あ、ねえ……お風呂沸かすから、拓くん、今日は泊まっていってね。お母さんには言っておくから」

「あっ、はいっ」

「やったー。拓っ、ゲームの続きやろ」

亜矢が無邪気に喜んだときだ。

ふっ、と電気が消えて、真っ暗になった。

「きゃあ！」

亜矢がパニックになる。

拓也もひとりだったら叫んでいただろうけど、ふたりがいるので落ち着いているフリをした。

「だ、大丈夫よ。亜矢ちゃん」

千佳子の声も震えている。が、そこは大人だ。

スマホの画面を明るくして、わずかな明かりでまわりを照らしてくれた。そして、しばらく家の中でじっとしていると、

「あ、スマホの画面に情報が出ているわ。えーと、近くの電信柱に落雷したみたい。それで家のブレーカーが落ちたんだって」

千佳子がそう言って、カーテンを開ける。

近所の家々も暗かったが、ポツポツと明かりがつきはじめている。

「ブレーカーを戻せばいいのね。亜矢ちゃんはここにいて。拓くん、ちょっと手伝ってくれるかしら」

「う、うん」

拓也はスマホを受け取り、照らしながら歩いていく。

千佳子はどこからか脚立を出してきて、洗面所に置いた。

上の方にブレーカーというものがあるらしい。

「拓くん、足下照らしててね」

「うん。わかった」

言われたとおりに、脚立を照らす。

すると、ぼうっとした明かりの中にストッキングを穿いた千佳子の脚が見えた。

(おばさんの脚って、なんかエッチだな)

と、見つめていたそのときだった。

(あっ……！)

千佳子が脚立にあがるために足を開いたから、膝丈のスカートが大きくまくれ、太ももが見えた。

それだけではない。

スカートの奥に、あわいピンクがわずかに見えたのだ。

（い、今の……おばさんの下着だよなっ……）

心臓がとまるかと思うくらい、びっくりした。

大人の女性のパンツだ。

（い、いけないっ……見たら……女の人のスカートの中を覗くなんて、ヘンタイでエッチなヤツのすることだ）

だが見てしまった。

あまりに衝撃的な光景が、頭に焼きついて離れない。

（おばさんのパンツ……生で見ちゃったよっ……）

色はピンクで大きさはかなり小さかった。

レース模様があって、素材はツヤツヤしていたように思える。

子どものパンツとは全然違う。

（い、いやらしいよ……おばさん。確かパンティって言うんだよな、こういう大人のエッチな下着って）

普段は優しくて可愛い、いいお母さんである。
そんなママが、いやらしいパンティを穿いていたことがショックだ。
(や、やば……)
急に股間が痛くてたまらなくなってきた。
このところ、たまにある現象だ。チンチンが腫れるのだ。
(勃起って言うんだよな。おばさんのことを考えると、ずきずきする)
見てはいけない。なのに、見たかった。
そっとバレないように顔をあげる。
スカートの暗がりに、ほんのりピンク色が見える。
(ああ、すごい……見えた！　パンティっ)
中心部はわずかに食い込みを見せていた。
すん、と鼻をすすると甘い匂いがして、鼻先に淫らな熱気を感じる。
(おばさんの、女の人のアソコの匂い……アソコってどんな風になっているんだろ)
想像すると、またチンポが硬くなる。
息を荒げつつ、食い入るように見ていたときだ。
千佳子と目が合った。

「……拓くんっ！」

千佳子が、めっ、と睨(にら)んできていた。

「スカートの中なんて、覗いちゃだめでしょ」

パアッと明るくなった。電気がついた。

千佳子が怒ってる。

「おばさん、ごめんなさい」

謝ると、千佳子が降りてきて、頭を撫でてくれた。

「悪かったと思ってたらいいの。でも女性のスカートの中を覗くなんてもうだめよ」

「う、うん……」

と頷きつつも、ついつい千佳子のニットを揺らすおっぱいを見てしまう。

「拓くん……でも、ちょっと大人になったのね」

ウフフと笑う千佳子は、いつもより艶(なま)めかしく見える。

タレ目がちのふんわりした目が、とろんとしていて、なんだかすごくエッチな雰囲気だ。

「お、大人？」

「そうよ。女性の裸とかに興味が出てきて仕方ないんでしょう？」

「う、うん」

「それは大人になった証拠よ。でも、どうせ見るなら若い子の方がいいと思うんだけど。こんなおばさんのパンティ眺めたって何も楽しくないでしょ」

千佳子が笑う。

「そ、そんなことないよっ。おばさんだから……おばさんのことを考えて、ここのところ考えて大きくなっちゃう。おばさん、その……可愛いし」

素直な気持ちだった。

千佳子がうれしそうに顔をほころばせる。

(ああ、この表情……)

ふんわりした優しい雰囲気で、あどけない少女のような顔を見せてきて、拓也はドギマギしてしまう。

「可愛い？　私が？　ウフッ。拓くんにそんなこと言われるなんて」

「ほ、ホントだよ」

「あらあ、うれしいわ。ウフフ。おばさんのこと異性として見てくれるのね」

千佳子が上目遣い(うわめづか)いに、イタズラっぽく見つめてきた。

「そ、それは……」

「ウフフっ。私のスカートの中ぐらいだったら、いつでも見せてあげるのにねえ」

「え？」

見せてくれる？

その言葉にパニックになった。

「ほ、ホントに？　み、見せてくれたら、他の人のは絶対に見ないよ」

拓也の言葉に千佳子は笑った。

「あらあ……冗談よ、おばさんのパンツなんか……」

「う、ううんっ……ほ、本気だよっ……み、見せてくれないと、その……僕、他の人のも見ちゃうからね！」

自分なりの脅迫だった。

幼稚なのはわかるが必死だった。

千佳子はクスッと笑う。

「あらあら、おばさんがパンティを見せないといけないのね。どうしましょう。困ったわ」

ちょっと恥ずかしそうに揺れる瞳が、拓也を異常に興奮させていた。

千佳子は少し考えていたようだが、

「ウフッ……拓くんって悪い子なのね……いいわ」

千佳子がスカートの裾をつかんで、ゆっくりとたくしあげていく。

(えっ……?)

拓也の息はとまった。

千佳子が本当にスカートをまくりあげて、パンティを見せてくれたのだ。

「……!」

やはりピンクのパンティだった。

見た瞬間、全身がのぼせた。

千佳子はすっとスカートから手を離して元に戻すと、いつもよりもなんだかエッチな雰囲気で微笑(ほほえ)んだ。

「拓くん、見せたわよ。はい、約束ね……これで他の女の人のスカートの中を、覗いちゃだめよ」

その時からだった。

千佳子のことが片時も頭から離れなくなったのは……。

第一章　再会、そして淫らな悪戯

1

もうガマンできなかった。

拓也は思いきって、スカートを直した千佳子に襲いかかった。

「た、拓くんっ！　あっ……いやっ……！」

いやらしい目で舐めるように貪り眺めていると、千佳子は眉根を寄せて、せつなそうな顔を見せてくる。

「お、おばさんを、どうするつもりなのっ……」

ニットの胸元を両手をクロスさせて隠そうとしているらしいが、あまりに大きすぎて隠しきれない。

しかも足をばたつかせているから、スカートの裾（すそ）が大きくまくれあがっている。

太ももはおろか、ピンクのパンティまで丸見えだ。

拓也は夢中になって、千佳子のパンストとパンティをズリ下ろしにかかる。

「ああっ……た、拓くんっ……やめてっ……」

「僕のものにしてやるっ」

邪（よこしま）な征服欲をふくらせて宣言する。

「おばさん……僕のものになるんだ……僕だけのものに……」

「だめっ……お願い、拓くんっ……そんなのだめっ……私は人妻なの。息子みたいな
あなたとなんて……いやぁぁ！」

悲鳴をあげた千佳子の身体を押さえつけ、大股開きにさせた秘部に、いよいよ自分
の性器を突き立て……！


「……あッ！」

拓也が目を開けると、新しいアパートの天井であった。

(ああ……また、あの夢か……)

拓也は「はあ」と大きく息をつき、ベッドの中で「うーん」と伸びをする。

拓也は大学一年生の十九歳。

夏休み前までは、実家のある茨城から大学に通っていたのだが、夏休みの間に大学の最寄り駅から三つ先の駅の近くでアパートを借り、新生活をはじめたのだった。

(それにしても、また最近見るようになったな……おばさんの夢……)

あのときから七年が経っていた。

スカートをまくって、パンティを見せるという千佳子のイタズラ行為に、拓也は性の目覚めを感じてしまった。

それからは、寝ても覚めても千佳子のことばかり考え、オナニーを覚えてからは一体何回、千佳子を夢の中で犯したことだろう。

だが、ある日。

松岡家は急に引っ越すことになり、千佳子とは、

「いろいろありがとう、亜矢と遊んでくれて」

という言葉で終わってしまった。

しばらくは亜矢と、文通のようなメールのやり取りをしていたものの、そこは思春期である。

小学校から中学校にあがると、亜矢のメールは途絶えてしまった。

こちらも新しい友達ができ、部活や塾もある。

千佳子のことをずっと恋い焦がれていたものの、向こうから連絡が途絶えてしまっては、どうすることもできなかった。

それでも。

それでも、ずっと想っていた。

(千佳子おばさん……今は四十二歳か……きっと未だに美人なんだろうな)

と想像しつつも、

(でもなあ、四十二歳……さすがに美人のおばさんでも、ホントのおばさんになってる気もする……うーむ)

そんなことばかり考えていたら熟女好きになってしまい、それが尾を引いて彼女もできずに拓也は目下、絶賛童貞中である。

(だめだよなあ……いつまでもおばさんのことを考えてたら……もう会うこともないんだろうから、そろそろ諦めないと……うわっ、寒っ……)

慌てて毛布にくるまり、もぞもぞしながら部屋のストーブのボタンを押して、両手をかざす。

外から雑踏が聞こえる。昼間は暖かいが、朝はもう寒い。

立ちあがり、カーテンを開けて見れば、すでに往来を行き交う人々がいる。

（さすが東京だなあ。こんなに早くから人が歩いてる）

新しい生活。

気持ち新たに……と伸びをしたとき、はたと気づいた。

（まずいっ。今日は朝だけバイトするんだった！）

慌てていて、ストーブの角に小指をぶつけてしまった。

「あてててっ」

と、バランスを崩したら、カーテンをつかんでしまい、ぶちっと切れて、倒れた拍子に本まで落ちてきた。

こういうのは、当たり前だが全部自分で片づけなければならない。

（めんどくさ……）

と思いつつも、自由っていいなと思う。

2

「遅れてすみません」

バイト先のコンビニに行き、倉庫兼スタッフルームのいわゆるバックヤードに入ると、同僚の友川彩也香が、棚の上にある物を取ろうと手を伸ばしていた。

「あっ、拓也くん、おはよ」

彩也香は肩越しにチラッとこちらを見てから、また手を伸ばす。

（おおっ……）

視線が彩也香の豊かな腰つき、そしてタイトなスカートがはちきれんばかりのヒップに注がれてしまう。

（お尻がおっきくてパンパンだよ……熟女のヒップって、なんでこんなにいやらしいんだろう）

ズボンの中で陰茎が疼く。

彩也香は人妻で一児のママ。

三十二歳には見えない、若々しい雰囲気がある。

肩までの黒髪を後ろで結わえていて、色白で大きくてクリッとした目が可愛らしい雰囲気を醸し出している。

それでいて唇がぷるんとして瑞々しく、左の唇の下にあるほくろと相まって、可愛いのに色っぽい、そんな人妻だった。

加えて、このスタイルのよさだ。

ウエストはくびれて、ボリュームあるヒップは小気味よく盛りあがっている。

そして、胸もかなり大きい。

コンビニの制服の青いシャツは薄くて、胸の形がよくわかる。

しかも彩也香はあまり頓着（とんちゃく）がないのか、暑いと胸元のボタンを外したまま屈んで作業して上から胸が覗けるし、色のついたブラジャーをつけてくると制服の上から透けブラが楽しめるからたまらない。

「ちょうどよかった。上の段ボールが取れなくて」

彩也香が必死に手を伸ばした先に、大きな段ボール箱がある。

「あ、すみません。気がつかなくて」

ぼうっとヒップを見ていた拓也は慌てて駆け寄る。

(やばいな、今朝、あんな夢を見ちゃったから、彩也香さんをいつもより意識しちゃうよ)

彩也香の背後にまわって、段ボール箱を持ちあげる。

彼女が肩越しに拓也を見あげてきた。

「ありがと、拓也くん」

ってきたからだ。

というのも、彩也香のツヤツヤした黒髪から、ふわあっと甘い匂いが鼻先をくすぐ

緊張した。

「い、いえ」

(彩也香さんっ……いい匂いだ……千佳子おばさんを思い出しちゃうな)

千佳子はタレ目がちな大きな瞳がチャームポイントの、ふんわりとした可愛いママで、彩也香は丸い目でキャピキャピした可愛らしいママ、という感じだ。雰囲気は違うけど、どっちも美人である。

匂いにうっとりしながら、拓也は段ボール箱を床に置いた。

「ウフッ。やっぱり男の子ね。軽々と持ってくれて」

彩也香がしゃがんで、段ボールのガムテープを剝がしながら感心したように言う。

「いや。そんなに重くないですよ。あ、僕も手伝います」

拓也もガムテープを剝がす。

中身は補充用のカップラーメンだった。

彩也香が手早く取り出しながら、

「そういえば」

と、切り出した。

「珍しいわね、拓也くんが遅れるなんて」

「す、すみません……へんな夢を見たからかな……起きるの遅くなっちゃって」

「へんな夢？　どんな」

人妻が手をとめて訊いてくる。

「ど、どんなって……」

当たり前だが、言えなかった。

幼なじみのママを犯しちゃうエッチな夢なんて、口が滑ったって言えるわけがない。

「い、いや……」

「ウフフ。言えないのね。エッチな夢だったりして？」

ギクッとした。

正解だったのもそうだが、彩也香が朝からきわどい話題を口にしたからだ。

「あら、当たり？」

うれしそうに言われて、拓也は身体を熱くする。

「い、いえ……その……」

「あ、ごめんね。へんなこと言って。実は……息子がもうすぐ中学生なんだけど」

「えっ、ちゅ、中学生？　そんなに大きいんですか？」

「そう。でね、息子が最近急に女の人が気になってきたみたいで、そういう本を隠していたり……あと、私がお風呂に入ったあととか、私のブラとかパンティとかなんかイタズラしてるみたいで……若い男の子って、みんなエッチなのかなあって、ちょっと考えちゃって」

彩也香はさらりと言うが、拓也はもう、相手の人妻のことをエッチな目でしか見られなくなってしまう。

（彩也香さんっ……息子に下着をイタズラされてるんだ……そうだよなあ、こんなキレイなママなら、僕が息子だってしちゃうよ）

胸を熱くさせながら、思わず積んでいたカップラーメンを崩してしまった。

「あ、やば……」

転がったカップラーメンを拾おうとしゃがんで、手を伸ばしたときだ。

（あっ……！）

息がつまった。

彩也香の膝が左右にわずかに開いていて、太ももが見えたのだ。

（あ、彩也香さん、ストッキング穿いてないんだ）

太もものつけ根近くの、かなりきわどい部分が見えてしまい、拓也は身体を熱くする。

見てはいけない。

そう思うのに、カップラーメンを拾いながらもどうしても見てしまう。

人妻は蹲踞(そんきょ)するような姿勢で箱からカップラーメンを出している。

(ああ、すごいっ)

チラチラ見ていたときだった。

彩也香が片膝を床についたから、さらに大きく脚が広がった。

スカートの奥に、わずかにベージュの布が覗く。

(パ、パンティだ！　彩也香さんの……)

拓也は息を呑んだ。

あのとき。

子どものときに見た、千佳子のパンチラの衝撃が襲ってきていた。

初めて見た大人の女性の秘めたるスカートの中。

甘い匂いと、色っぽい腰つき、そして布が食い込んでいる女性の恥部……。

(い、いけない……見ては……)

立ちあがろうとした、そのとき。

彩也香の頬が紅潮しているのが、はっきり見て取れた。

（な、なんか恥ずかしそうだぞ……まさかっ……わざと足を開いて、僕にパンティを見せてる？）

そんなわけないと思う。

だが現実は……ベージュの生パンティのクロッチがはっきり見えるほど、彩也香はわざとらしく足を開いてしまっているのだ。

（ああ……おばさんパンティって生活感があって、エロすぎる）

パンティの底布部はきわどく食い込んでいた。

（だめだっ……どうしても見ちゃう）

たまらない……と思ったそのとき、彩也香と視線が交錯した。

（しまった。長く見すぎた）

慌てて目をそらすが、もう遅かった。

「ウフッ……見えちゃった？　私のパンティ」

「は？　え？　は？」

狼狽(うろた)えた。

「いや、その……み、見てないですっ」

立ちあがると、彩也香が近づいてきて上目遣いに見つめてくる。

（うおっ……！）

黒目がちで大きな三日月の目が潤んでいた。

彩也香は、からかうような笑みを浮かべる。口元のほくろが、どうにも妖艶に感じられてしまう。

「見てない？　そうかしら……拓也くん、朝からずっと、私のおっぱいとか太ももを見ているような気がするんだけど。ウフフ」

色っぽく言われたら、ついつい開いた制服の胸元に視線が向く。

すさまじいボリュームだった。

「い、いや……あの……そんなことは……」

とりあえず否定するも、

（そうか、やっぱり今日は朝から、彩也香さんをエッチな目で見てたんだな。いつもよりも……）

あの夢を見たから、どうもムラムラする。

いかんと自分に喝を入れる。

「すみません、ちょっとだけ」

　正直に言うと、彩也香が笑った。

「やっぱり。じゃあ私のパンティを見て興奮した？　私ね、今朝も夫に女として見られないって言われて、ショック受けてたのよね」

　ああ、と思った。

（そういうことか……だから、僕に……）

　拓也が困るのを楽しむように、彩也香はぴたり寄り添って、右手をズボンの股間に持ってきて撫でさすってきた。

「あ、彩也香さん！」

　そのときだった。

　カチャッとドアのノブのまわる音がして、彩也香はすっと拓也から離れた。

　入ってきたのは店長だった。

「ふたりとも。いつまで休憩してるんですかっ」

　店長の機嫌は悪そうだ。

　彩也香は、

「ウフッ」

と、拓也だけに見えるように軽く笑みを漏らすと、そのまま出ていくのだった。

(し、新生活、悪くないかも……)

別に引っ越しが転機になったとは思えないが、千佳子の夢といい、彩也香の誘惑といい、何かが変わるような気がするのは気のせいだろうか。

3

(彩也香さん……もしかしてあの雰囲気なら筆下ろしをしてくれるかも……？　なんてっ)

大学に着いても、今朝のことしか頭になかった。

彩也香は下着をわざと見せて、しかも股間を撫でてきた。

あれはもうＯＫサインではないか？

(こ、今度誘ってみようッ……って、でも女性を誘うって、どうやればいいんだろ)

ハアッと、ため息が出た。

女の人と話すだけで胸が熱くなる。

なのに、この奥手な自分が、女の人を誘うなんてできるのだろうか。

キャンパスを歩いていると、人だかりができていた。

第二校舎の奥の方は、テニスコートや体育館やグラウンドがある。

行ってみると、人が集まっているのはスリーオンスリーのできるバスケットボールのコートだった。

ひょいと覗くと、ユニフォームを着た女の子たちが試合をしている。

「いいぞ、いいぞー、あやちゃーん」

「さいこーっ」

観客席から野太い声がひっきりなしに聞こえてくる。

(アイドルでも出てるんかな)

みなの視線を追う。

どうやら、観客の男たちの目当ては、ショートヘアの小柄な子らしい。

(確かに可愛いな)

顔が小さくて、目鼻立ちが端整だ。

(まさに美少女っ。こんな子がうちの大学にいたのか)

小柄だが、しなやかな手足は長くて、まさにスポーツ美少女といった均整の取れたスタイルのよさが遠目からでもわかる。

ワアアアアッと、歓声がひときわ大きくなった。
どうやらその美少女がいるチームが勝ったらしい。
(へええ、運動神経もいいなあ)
チームメイトとハイタッチして、タオルで汗を拭いている、その少女をもう一度見た。
(ん？　どっかで見たことあるような……)
彼女と目が合った。
向こうも「あれ？」という表情だ。じっと眺めてきている。
(もしかして……)
動き出したのは、向こうが先だった。
こっちまで走ってきて、真っ直ぐに見つめてきた。
「もしかして、拓じゃない？」
アニメみたいな声で尋ねられた。
夢じゃない。
漫画みたいなことってあるんだなあと、目をパチパチさせた。
「亜矢か？　ウソだろ……」

「拓っ……大きくなったねえ。でも、顔は全然変わんないのね」

まわりが一気に引いたのがわかった。

《なんだあの冴えない知り合いか。だっせー格好》

悪口はせめて聞こえないところで言ってほしい。

亜矢はニコニコしながら、

「まだ帰らないでしょ？　ちょっと待ってて」

「あ、ああ……」

と返事をしながら、後ろの男たちを見れば、今にも手を伸ばして襲いかかってきそうだった。


亜矢の家は、偶然にも拓也のアパートから歩いて五分のところにあった。

三階建ての瀟洒（しょうしゃ）な一戸建てである。

(しかし、昔も可愛いとは思ってたけどさ、ここまでになるのかよ)

亜矢の後ろ姿を見ながら、ボーイッシュだった子ども時代を思い出す。

大きくて猫っぽい目が、くりっとしている。

黒目が大きくて、バンビみたいだ。その可愛らしさは確かに小学生の頃から片鱗はあったのではあるが……成長具合は想像以上だ。

「まさか、拓と同じ大学とはねえ。全然気づかなかった」

ベッドの端に座った亜矢が、ウフフと笑う。

「こっちもそうだよ。というか、すげえモテてたじゃん」

「まあねー。ちょっとは見直した？」

大きな目で見つめられる。くらっときた。

（やばっ……愛くるしいぞ、マジで……亜矢だぞ、亜矢……）

自分に言い聞かせるも、心がときめいてしまう。

「でも、拓に会えるなんて……気にしてたんだよね、ずっと……メールを出さなくなっちゃって」

急に真面目なトーンで話されて、

「……お、おう」

と、へんな相づちしか打てなくなった。

「なんか、その……照れてたんだよね。今まで、あんまり男と女って意識しないでいたけど、転校してからなんか急に、拓って男だったよなって」

「あーなるほどな。わかる気がする。僕も亜矢がいなくなってから、そういえば女の子だったなあって」

遠い目をして言う。

可愛くなったよ、と言うのは、さすがにやめておいた。

今まで色気もへったくれもなかった幼なじみが、急に色っぽく女らしくなったなあなんて、こっちから言うのもしゃくである。

（しかし……おばさんに会えるかなと思って期待して来たけど……亜矢は亜矢で十分いいなあ……）

失礼なことを思いつつ、改めて亜矢を見る。

ショートヘアがよく似合う美少女だ。無邪気に笑うとこなんか、くやしいけど、とても可愛い。

そのときだった。

ベッドの上に座っていた亜矢が、一瞬足を組み替えた。

プリーツのミニスカートだったから、ひらっと大胆にまくれて、白い下着が目に飛び込んでくる。

（う、うわっ……亜矢のパンツ……もろに見ちゃったっ）

童貞に、美少女の生パンティは刺激が強すぎる。

たとえそれが幼なじみのものであっても、美人のパンチラはうれしい。

と、顔を熱くしていたら、

「……！」

亜矢が勝ち誇った顔で笑っていた。

「ねえ、今、私のパンティ見えたでしょ。へえっ、拓って私の下着見て、悦ぶようになったのねえ」

「誰がっ」

と、反論してももう遅い。

顔が赤くなったのを隠すようにジュースを飲んでいると、亜矢はベッドから降りてきて座っている拓也に身体を寄せてくる。

（いい匂いっ……シャワーを浴びたあとの女の子って、こんなにいい匂いがするのか）

半袖ブラウスとミニスカートという出で立ちで、生太ももや、ふくらんだ胸が腕に当たっている。

（わ、わざとだ……亜矢って、こんなことするようになったのか）

もう鼻血が出そうなほど興奮して声も出ない。

亜矢は拓也の耳に口を近づけて、甘ったるい声でささやいた。

「んふっ。ねえ、拓って童貞でしょ」

「ぶっ……げほっ、げほっ……い、いきなりなんだよ」

グラスを置いて、何度も咳き込みながら亜矢を見る。

(か、顔、ちかっ)

目がぱっちりして、肌はつるつるだ。

唇にちょっとキラキラしたグロスなんかを塗っていて、うっすらとメイクしている亜矢のアイドル顔に卒倒しそうになる。

「童貞だから、女の子のスカートの中、気になるんでしょう？　うんって言えば、見せてあげてもいいんだけどなぁ」

「お、おまえなーっ。久しぶりなのに、そういうの……お、おまえこそ、その、あの、バ、バージンじゃないのか」

亜矢は、あははと笑った。

「バージンって。拓ってさあ、おじいちゃんみたいなこと言うのね。亜矢が処女かってこと？　どう思う？」

上目遣いをされる。

小動物みたいなくりくりした目で瞬(まばた)きされると、もう胸がキュンキュンだ。

「ど、どうって……」

目をそらしたときだ。

亜矢が、座ったままでミニスカートをチラッとまくったのが、横目に見えた。

「……ッ！」

どっどっどっどっ……。

掘削機みたいに心臓が激しい振動を起こしている。

「大きくなっちゃった？」

亜矢がからかうように迫ってくる。

「ねぇ、拓。いいよ、今晩……亜矢でシコシコしちゃっても。ウフッ。サービスして、おっぱいも見せちゃおうか」

肩に手を乗せて、甘い鼻声で迫ってくる。

もうだめだ。

「……ちょっ、ちょっとトイレっ」

拓也は慌てて、亜矢の部屋を出る。

「一階の奥だからねー」

部屋の中から、亜矢の声が聞こえた。

(あ、危なかった。押し倒すとこだった)

もし仮に、あのまま覆い被さっていたら……。

(亜矢、ヤラせてくれたりして)

そんなことを思いながら一階に降りると、ちょうど玄関ドアが開いて、女優みたいなオーラをまとった美女が入ってきた。

4

その瞬間。

目の前が映画のようにスローモーションになった。

懐かしさとともに、うれしさがこみあがる。

もう会えないと思っていた人に、会えたという悦びに、感動で涙が出そうになる。

「もしかして……拓くんっ？」

千佳子はあの頃のままの柔和な表情で、目を細めて拓也を眺めてきた。

「お、おばさんっ……お久しぶりです」

拓也はガチガチに固まった。

七年間、恋い焦がれていた年上の人妻は、記憶にある七年前よりはるかに色っぽく美しくなっていた。

(あの頃より可愛らしい……四十二歳だよな……ウソだろ。想像以上だよ)

ふんわりした雰囲気は、そのままだった。

タレ目がちな可愛らしい顔立ちも昔のイメージ通り。

それに加えて、熟れきった人妻のフェロモンが、匂い立つくらいムンムンと漂っていた。

「久しぶりね！　ああ、こんなに大きくなって……」

千佳子はパンプスを脱いで玄関にあがる。

マジマジと見つめてきた。

照れつつも、こちらもチラチラ見てしまう。

(可愛いのに……すげえ……身体がムッチムチだっ！　や、柔らかそう)

思わず目が黒のニットの胸元に向かう。

絶対に七年前より大きくなっている。間違いない。グレーのタイトスカートのお尻も悩ましい丸みだ。

いい感じに脂が乗って、おっぱいもお尻も肉感的だ。

ピアスや首元のネックレスも高級そうで、いかにもセレブで上品な奥様という感じである。

何か喋らないと、このまま視姦を続けてしまいそうだった。

「あ、あ、あの……ぼ、僕って、わかった？」

「わかるわよ。ウフフ……久しぶりだから緊張してるのかしら？　もう七年も会ってなかったわよね……でも、どうして？」

「亜矢と同じ大学で……今日……偶然会って」

「え？　拓くんもM大なの？　昌子さん、ちっとも連絡くれないし、拓くんが同じ大学なんて知らなかった」

彼女は苦笑する。

「ウチの母親、とにかく忘れっぽいし、自分から連絡とかしないから」

「そうよね。昌子さんらしいわ。今度電話してみよっと」

母親のおかげで話が弾んだ。

ズボラなところは苦手だったが、今だけは母に感謝だ。

そんな話をしていると、二階から亜矢が駆け降りてきた。

「あれ？　ママ。今日は遅いんじゃなかったの？」

「それがね、話はすぐ終わって……あとは居酒屋でって言うから、断って帰ってきたのよ」

「居酒屋ぁ？　だったら帰ってきて正解だよ、ママ。あのおじさん、やたらママを誘ってくるでしょう。ママ狙いなんだよ」

　亜矢がぶうぶう文句を言うと、千佳子は苦笑した。

「そんなことないわよ。青木さんはいい人よ。新しく自治会長になったから、私が茨城にいたときの町内会のこと訊きたいって。だから私を誘うのよ」

「そうかなあ。なーんか、ママを見る目がいやらしいっていうか。ママってホント、天然なところがあるから心配なのよね」

「もうっ。亜矢は、すぐそういうこと言うんだから。それよりあなた、拓くんと会って……」

「あっ、それそれ……ねえ、学校にスマホ忘れてきちゃったの。拓、ごめん、ちょっと待ってて。取ってくるから」

　そう言って、こちらの都合も聞かずに玄関から出ていってしまう。

　取り残された形の拓也と千佳子は顔を見合わせて、苦笑した。

「相変わらずでしょう？　あの子、騒がしいっていうか」

「ええ。でも、キレイになったよなあって」

一応褒めると、千佳子は「あら」と顔をほころばせる。

「今の拓くんの言葉、あの子、すっごく喜ぶと思うわ。ずっと拓くんのこと好きだったから」

突然言われて驚いた。

「え？　僕？」

「そうよ。思春期だったから、うまく言葉にできなかったんだと思うけど、拓くんのこと好きだったのよ」

「へ？　ウソ……」

「ホントよ。ねえ、リビングに行きましょう。メロンがあるの。それとも、亜矢に先に出されたかしら」

「いえ、ジュースをいただきました」

言うと、千佳子はまた「くすっ」と愛らしく笑う。

「ねえ、拓くん。いいのよ、他人行儀な言葉を使わなくても。昔みたいに話してくれた方が私も話しやすいわ」

続けて千佳子は、

「ソファに座ってて」

と、告げて、ひとり奥に行った。

着替えてくるのだろう。

（昔みたいに、か……）

いろいろな思いが交錯する。

まずは、憧れの千佳子がさらに可愛らしくなっていたこと。

そして幼なじみが実は自分のことを好きだった（らしい）こと。

加えて……それが一番大事なのだが……。

千佳子は、あのことをまったく覚えていないらしい。それが拓也にとってなんとも奇妙な感じだった。

あのこと……スカートをまくって、パンティを見せてくれたイタズラのことだ。

彼女にとっては、本当に小さなイタズラだったのだろう。

だけどこちらとしては、人生の一大事だった。

少しくらい覚えていてくれてると思っていたので、今の千佳子の対応はなんだか拍子抜けだった。

「お待たせ、拓くん」

リビングに戻ってきた千佳子が着ていたのは、身体にぴったりしたニットワンピースだった。

(こ、これって……)

拓也はドキッとした。

というのも、コンビニでバイトしていると、たまに近所の人妻らしき女性が、こんなニットワンピを着てくるのだが、大体、下着が透けているのだ。

案の定だ。

後ろを向くと、千佳子のパンティのラインが響いていた。

(う、うわあ……)

大きな美尻を左右にくねらしながら歩く様が、色っぽくてたまらない。

身体を熱くしていると、彼女は切ったメロンをお盆に載せて戻ってきた。

呆けていた拓也は慌てて視線を別のところにやる。

「どうぞ。召しあがれ」

「ど、ども……」

(あっ……)

千佳子が前屈みになって、メロンの皿を出してくれたから、わずかにタイトワンピースの胸元が緩んだ。

ブラと白い乳房の谷間がもろに見えた。

（デッ、デカッ……相変わらず、おばさんのおっぱい大きいっ）

息苦しいほどの色気がムンムンとしている。

心臓を高鳴らせながら、ソファに向かい合って座り、しばらくお互いの近況を話した。

アパートが近くだと言うと、

「また昔みたいに、夕ご飯を食べにいらっしゃいよ」

と、気軽なく誘ってくれる。

うれしかったのだが、あのイタズラのことは一切、口にしなかった。

ちょっとショックだった。

5

二日後。

夕食に誘われ、拓也は再び松岡家を訪問していた。

「はーい、お待たせぇ」

千佳子が湯気の立つ土鍋を手に、ダイニングテーブルの前に来る。

「ねえ、亜矢。そこのコンロ出して」

言われて、亜矢はカセットコンロをテーブルの真ん中に置いた。

鍋を置いて火をつける。

ぐつぐつと煮立つ鍋から、いい香りが漂った。

楽しそうにしながら、千佳子は取り皿やビールを持ってきた。

「あなたたちは、まだだめよねえ」

千佳子はビールで、拓也と亜矢はウーロン茶だ。

グラスを合わせて乾杯し、鍋を取り分けてもらう。

魚も肉もほくほくしていて実に旨かった。

「おいしいですっ」

素直に言うと、千佳子は笑った。

「まあ鍋なんか、誰でもつくれるけど。でも、よかったらいっぱい食べてね」

懐かしい光景だった。

子どもの頃も、こうやって何度も夕飯をご馳走になった。

七年経ち、こうしてまた食卓を囲えることがうれしい。

(それにしても、おばさん……そんなに飲むんだ)

缶ビールが二本、すぐに空いた。

それに気になるのは、おじさんのことだ。

ふたりからはおじさんの話がまったく出てこない。先ほど聞いた限りでは「出張」と言っていたけど、もういないのが当たり前のようだった。

(あんまり仲がよくないのかなあ)

ふと思ったが、余計な詮索はしない方がいいなと、箸を伸ばす。

食べ終えて、みなでリビングに移動した。

亜矢は当たり前のように、拓也と並んでソファに座り身体を預けてくる。

「で、高校んときも、彼女とかいなかったワケね？」

亜矢に唐突に言われて、思わず前に座る千佳子をチラッと見た。

彼女は、こちらのやり取りを微笑ましい、という風に眺めていた。

「い、いなかったけど」

「じゃあ、やっぱり童貞ね」

ぶっ、とウーロン茶を吹き出しそうになる。

慌てて千佳子を見るも、ちょっと微妙な顔だ。

「あ、あのなあ……」

狼狽えていると、亜矢はさらにくっついて、おっぱいを押しつけてくる。

「お、おいおい……」

うれしいが、千佳子が前にいると思うと気が気でない。

(ん？)

そんなときだ。

千佳子がちょっと不機嫌そうな顔をしているのに、気がついた。

(なんだろ……)

ムッとしているようだが、何に対してなのか、よくわからない。

しばらくすると、亜矢のスマホに電話がかかってきた。

「あっ、玲子だ。拓、ごめん」

スマホを持ったまま亜矢が立ちあがる。どうやら友達からの電話らしい。

亜矢がリビングからいなくなると、代わりに千佳子が立ちあがった。

「あ、そうそう。ちょうどよかったわ」

千佳子は冊子のような物を持ってきて、亜矢の代わりにソファにいた拓也の隣にすっと座った。

（へ？　おばさんがくっついてきて、お、おっぱいが……ど、どうしたんだろ）

拓也は慌てた。

ふっくらしたおっぱいが、左の肘に当たっている。

先ほどまで亜矢の乳房を感じていたからわかるが、遥かに亜矢より大きい。

見れば、Vネックニットの広く開いた胸元が、桜色にほんのりと染まっていた。

（よ、酔ってるのかな……それにしても……なんで？）

千佳子は冊子を開くと、

「懐かしいでしょ。卒業アルバム……覚えてる？　拓くんや亜矢の代って制作費がなかったから薄い冊子にしたのよね。でも、数冊はちゃんとしたものをダミーでつくってあったんだって。そのうちの一冊をもらったのよ」

「へ、へえ、すごい」

すごいと言いつつも、今さら興味ないので、適当に返事をした。

それよりも、千佳子のおっぱいだ。

意識しすぎて内容が頭に入ってこない。

「ほら、これ、亜矢」

「え？　どれ」

と訊きつつも、意識はもう千佳子にだけ向いている。

ふんわりした栗髪から放たれるシャンプーかリンスの甘い匂い、濃厚な女の体臭、肘にくっついているニット越しの柔らかいふくらみなどの方が一大事である。

（お、おっぱいの感触が……そ、それに太もものムッチリ具合も……）

千佳子はソファに深く腰掛けているから、スカートの裾がズリあがって、太ももがかなりきわどいところまで覗いている。

熟女のムチムチ太もも。

それが、ぴったりと拓也の脚にくっついていた。

汗が噴き出てきた。

「これって拓くんじゃない？　可愛いー」

千佳子がさらに無防備に身体を寄せてきて、写真を指さした。

（お、おばさん、そんなにくっつかないでっ……）

股間がふくらみそうだ。

いったん腰掛けなおそうと、左手でソファをつかもうとした。

そのときだ。
（あっ……！）
千佳子の太ももに指が触れてしまい、慌てて引っこめた。
（さ、触っちゃった。おばさんの太もも……）
どくっ、どくっ、どくっ……。
心音が激しくなり、脇汗がにじみ出てくる。
千佳子は一瞬、ピクッと反応したが、何事もなかったように話を続ける。
「ねえ、このときは亜矢の方が身長高かったのよね」
「う、うん……」
脈が速くなり、心臓が痛い。
耳鳴りがする。
いやな汗も背中ににじんでいる。
（だ、だめだ、だめだ、そんなことしたら……）
理性ではそう思っているのに、七年の想いは大きすぎる。
（いや、ちょっとだけ、ちょっとだけ……事故に見せかけて……）
拓也は唾(つば)を呑み込み、震える手を千佳子の太ももの上にそっと置いた。

千佳子はさすがに、ちらっとこちらの顔を覗いてきたが、怒るようなことはしなかった。

(い、いいの？　触っても……)

確実に、触られているのはわかっているはず。

だが千佳子は何も言わなかった。

(どうして？　も、もしかして……亜矢に対抗してる？)

まさか。

千佳子は亜矢と拓也の仲を応援している。

それは間違いないのだが、先ほど、二人がイチャイチャしていたときに、千佳子がムッとしていたのが気になる。

(嫉妬……だったりして……いや、まさかな……)

千佳子の顔をちらり見る。

明らかに恥ずかしそうに目の下を赤くしている。

(お、おばさん……僕が太ももを触ってるの、意識してるっ)

恥じらい顔が色っぽくてたまらない。

それにだ。

太ももの淫らな熱っぽさが、手のひらから伝わってくる。

股間がズキズキする。

七年の性的な想いが募っていく。

だめだ。もうとまらない。

思いきって、千佳子の太ももを撫でながら、あわいに滑り込ませたときだ。

「んっ……！」

千佳子がビクッとして、腰を震わせる。

だが抵抗はしない。

（い、いいんだね……イタズラして……）

拓也はその手を、わずかにスカートの奥に侵入させる。

（すごいっ、ムチムチだよっ）

太ももの肉のしなりを感じて、興奮がさらに高まる。

もっとだ、と手を動かすと、コットンのような柔らかな布地に指先が触れた。

（パ、パンティだ……僕の手が、おばさんのパンティに触ってる！）

ソファに並んで座りながら、恋い焦がれていた美しい人妻のスカートの中に手を入れて股間をイタズラしている。

信じられない。

夢のようだ。

もうどうにでもなれと、さらに指を動かしてパンティの底布を撫でさすった。

「ちょっ……ちょっと……だ、だめよっ……拓くんっ」

抗う声を出すも、態度ではいやがらない。

気持ちを奮い立たせ、指を千佳子のパンティの中心部に持っていった。

すると、指先にぐにゃりと肉が沈み込むような感触があり、

「くっ……！」

千佳子が歯を食いしばって、くぐもった声を漏らす。

「お、おばさん……」

さらに太ももの奥をまさぐって、指でパンティを亀裂に沿って押し込んだときだ。

「あンッ……ちょっと……」

千佳子が声をあげ、それを恥じらうように口元を手で覆った。

(な、何、今の……い、色っぽい声っ……おばさんも、ＡＶ女優みたいにエッチな声を出すんだっ)

凝視すると、千佳子はイヤイヤした。

（ああ……も、もう……だめだ……とまらないよ……）

ふたりの世界だった。

もう自分が何をしているかすらわからないが、とにかく欲望のままに千佳子のパンティの上から窪みの部分に沿って指を上下にさすると、くにゅっとスリットに沿ってパンティが沈み込んだ。

「んっ……あっ……」

千佳子はうつむき、声をかみ殺している。

（おばさん……感じてる……）

もっとまさぐると、とたんに千佳子は喋らなくなる。

太ももの間の熱気がすごかった。

しかも汗ばんでいる。

（これが女の人の股間……パンティ越しにいやらしい蒸れた匂いがする）

たまらず、さらに大きく手のひらを開き、パンティの上から股間に密着させる。中指と人差し指で探るようにスリットに沿ってさすっていると、

「くうっ……」

と、千佳子はたまらず呻いて、口元を拓也の肩に押しつけてきた。

そのときだ。

「——うん……うん……そう……待ってて」

亜矢がスマホで会話しながらリビングに戻ってきた。

ふたりは慌てて、アルバムを見るふりをする。

亜矢は向かいのソファに身体を投げ出すように座ると、スマホを真剣に見はじめた。

何か気になるものがあったらしい。

（あ、危なかった……）

間一髪だ。胸を撫で下ろす。

千佳子もハアッとため息をついてから、ぎこちない笑みを漏らしつつ、身体は強張ったままであった。

6

（ど、どうしよう……）

千佳子のスカートに手を入れながらも、目の前には亜矢がいる。

だが、その亜矢はスマホの画面に夢中で、こっちを見ることもまったくなかった。

やめるべきだ。

千佳子もイヤイヤしている。

それなのに、スカートの中にある手が動かなかった。

（だ、だめだ……もう……）

拓也はドクドクと心臓を高鳴らせながら、亜矢の様子をうかがいつつ、隣の千佳子のワンピースの中で手を動かして、再びパンティをなぞってみた。

「……！」

千佳子が驚いた目を向けてきた。

そして亜矢にバレないように、小さく、

「やめて……」

と拓也の耳元でささやき、眉をひそめた困り顔をする。

その表情がひどくそそった。

拓也は昂ぶるままに、さらにパンティをなぞる。すると熱気が増して、パンティの上からでも媚肉が柔らかくなっていくのを感じてしまう。

（な、なんか湿っているような気がする……）

濡らしているかなんて、童貞にはわからない。

だけど。

もう抑えきれなかった。

拓也は思いきってパンティの上端から手を滑り込ませて、直に指で千佳子の秘部をまさぐった。

「あっ……!」

千佳子が、ビクンッと腰を震わせる。

ちらりと亜矢がこちらを見た。

千佳子は慌てて、

「ねえ、ここに拓くんがいるわっ」

と、意味なく写真を指差して演技してくる。

「ホントだ」

拓也も演技する。

亜矢はそのままスマホにまた目を向けた。

(び、びっくりした……で、でも……おばさんのおまんこ……ウソだろ……)

初めて女性器に触れた、という感動もあったが、それよりも繊毛の奥の千佳子のワレ目がぬるぬるだったのに驚いた。

（ウ、ウソだろ……おばさん……娘の前でこんなに濡らして……）

ドキドキしながら、千佳子の顔を覗き込む。

人妻は、

《いやっ！　見ないでっ》

という感じで、勢いよく顔を拓也からそむけた。

（これほど、おまんこをぐっしょり濡らして……いやなんかじゃないよな……やっぱりおばさんって、エッチだったんだ）

四十路の経験豊かな人妻を指で感じさせている。

尋常ではない興奮が、さらに拓也を大胆にさせる。

パンティの中に入れた指で、千佳子の濡れ溝を大胆にも撫でさすると、

「くっ……くっ……」

千佳子は口元を手で隠しながら声を押し殺す。

亜矢を横目に、拓也はさらに千佳子の濡れ溝を指で何度もこする。

すると、

「あっ……あっ……」

人妻はかすかな喘ぎ声をあげ、それを恥じるようにまた、拓也の肩に顔をつけてき

て表情を隠す。

ハアッ、ハアッ……と千佳子の色っぽくも湿った吐息を肩に感じる。

ちらりと見れば、タレ目がちの大きな目がうつろだ。

（おばさん……か、可愛いっ……くうう、たまらないよ）

娘の前でそのママに性的なイタズラをしている。

その興奮で股間は痛いくらいにズキズキし、テーブルの下ではズボンが大きくふくらんでテントを張っていた。

理性が働かない。

もう、とまらない。

拓也は、

（確か、こうだよな……）

と、ＡＶを思い出しながら、指を鉤の形にして小さな入り口を探り当てる。

（こ、こ、こ、ここ……おばさんの……）

軽く力を入れると、指がぬるりと嵌まり込み、

「っ……！」

千佳子は息を呑み、もういやっ、とばかりにより強く顔を肩に押しつけて震えてい

る。

（こ、これが女の人の膣……チンポを入れる場所だ……ああ、僕は今、おばさんの膣内に指を入れてるんだっ……）

興奮の坩堝だった。

まるで高熱にうなされるような感覚だ。

意識がおかしくなっていた。

それでも、必死に千佳子の膣内を指先で味わおうと、そこに全身の意識を集中させる。

（女の人のアソコって、こんなにぐちょぐちょしてるんだ……それに狭くて熱い）

奥に指を入れるほどに窮屈になり、体温が高い気がする。

「うっ……」

千佳子のしがみつく手に、さらに力が込められる。

拓也が指をゆっくり出し入れすると、

「く、くうっ……」

と、千佳子は小さく呻いて、震えをひどくする。

（生き物みたいに膣がうごめいて、指を締めつけてくる）

素晴らしい感触だった。

もっとだ、とさらに奥まで指を入れる。

すると、ざらざらした部分が指先に触れた。そこを何度もこすると、ぐちゅ、ぐちゅ、と音がして、

《いやっ！　聞かさないでっ》

という感じで、千佳子が顔をそむける。

（こ、ここが感じるのかな……）

突き当たりの肉壁が弱点みたいだ。

執拗にここを捏ねていると、そのうちに、

「あっ……くっ……んっ……」

と、千佳子はうわずった声を漏らし、自分から腰を密着させてきて、濡れ溝を指にこすりつけてくる。

（え？）

信じられない淫らな行為だった。

拓也がうつむき加減の千佳子の顔を見ると、人妻は眉をキュッと折り曲げてセクシーな表情を見せていた。

（もっと、か、感じたいんだね……娘の前なのに……）

ドギマギしながら抜き差しを続けると、膣の締めつけは強くなり、

「うっ……うう……」

と、千佳子は唸りながらギュッと目をつむって、いよいよ拓也の左腕をつかんで激しく震えはじめた。

（な、なんだ？）

わからないけれど、千佳子の様子が差し迫っているのはわかる。

腰のせりあげ方が、いっそう激しくなってきた。

愛液の分泌量が尋常ではなくなり、膣内に入れた拓也の指はもうぐっしょりだ。

（こ、こんなに濡れるんだ……）

初めて嗅ぐ、愛液の生臭い匂いも拓也を昂ぶらせていた。

（女の人のアソコの匂い……エロい）

獣じみた匂いに熟女の甘い体臭が加わり、ますます興奮してしまう。

（ああ、おばさん……可愛らしくて、それでいてエッチでいやらしくて……最高だ。こういうことを何度夢見たことか……）

もう、どうなってもいいと思った。

亜矢がいるのにもかかわらず、もっと大胆に膣奥を指でまさぐった。

ねちっ、ねちっ、という粘着音が大きくなる。

ハアッ、ハアッ……という、人妻の色っぽい息づかいも激しくなる。

（すごい……おばさんが、すげえ乱れて……）

じっと見ていると、千佳子はタレ目がちの大きな双眸をとろけさせて、うっとりと見あげてきた。

潤みきった瞳は何かにすがりたい、助けて、とせつなそうだ。

もっと激しく指を出し入れした。

そのとき……。

千佳子が自分の手で口をふさぎながら、ググッと大きくのけぞった。

「ンンン……ッ！」

同時に千佳子の腰がガクン、ガクンとひどく揺れる。

ギュッと左腕にしがみついてくる。

膣に入れた指が、恐ろしい力で締めつけられる。

（な、何？　おばさん、ど、どうしたの？）

焦っていると、千佳子はすぐに力を抜いて、ぐったりした。

（も、もしかして……今、おばさん……僕の指で……イッ、イッた？）

わからない。

わからないけど、きっとそうだ。

心臓をバクバクさせながら、指を抜く。

抜いた中指は、千佳子の蜜でどろどろだ。

千佳子はそれを見て、真っ赤な顔をしてソファから立ちあがり、こちらを見ること

なくリビングから出ていってしまった。

（うわわ、え、えらいことしちゃった……）

人妻にエッチなイタズラをした。

童貞の自分が、だ。

信じられなかった。

呆けていると、

「ねえ、私の部屋にいこっ」

スマホチェックを終えたらしい亜矢が、無邪気に誘ってくる。

拓也は慌てて濡れた指を隠す。

階段をあがるとき、そっと指の匂いを嗅いでみた。

（うっ……！）

生魚のような強い匂い。

そして舐めると酸味の強い、ピリッとした味がした。

（おばさんの味……それに匂い……すごいや）

イッたときの千佳子は、なんとも淫らだった。

可愛らしくても四十二歳の人妻だ。

エロすぎた。

（し、しかし……これからどうしよう……完全に嫌われたよなあ）

冷静になればなるほど、自分のしでかしたことの罪悪感が襲ってきた。

再会したばかりだというのに、出禁かもしれない。

なんてバカなことをしたんだろう……。

第二章　筆下ろしの相手は人妻

1

布団の中で悶々としながら、拓也は千佳子に性的なイタズラをしてしまったことを思い出していた。

困ったような、せつなげな表情が忘れられない。

どんどんと朝勃(あさだ)ちがひどくなってきて、千佳子で抜こうと思っていたときだ。

コンコン、とドアがノックされて、拓也は顔を曇らせた。

間違いかなと思った。

だが、やはりノックされている。

（誰だよ、こんな朝早く）

と思ったけれど、窓を見るとすっかり日が昇っていた。

引っ越してから起こしてくれる人間がいないもんだから、拓也は意味もなく夜更かししては二度寝なんかしてばかりだ。

自堕落な生活はいかんと思うのだが、やはり自由はうれしい。

寝ぼけ眼のまま、ベッドから降りようとしたときに、ワンルームの部屋のドアが開いてギョッとした。

クール系美女が立っていた。

切れ長の目と艶っぽいストレートのロングヘアが、いかにも「いい女」という雰囲気を醸し出している。

「へっ？　なっ……」

どなたです？　と尋ねそうになって、拓也はハッとした。

彼女は部屋をぐるりと見渡して、

「うわー、男臭いっ……拓、まだ引っ越してそんなに経ってないわよね」

と言い放つそのしかめっ面には、昔の面影がある。

「なっ、有紀姉ちゃん！　な、なんで？」

「へへー、ねえ、今、あんたさあ、一瞬、あたしのこと誰かわからなかったでしょ？」

有紀はぞんざいな態度で、ベッドの端に腰掛けてきた。甘ったるくて語尾をあげる喋り方は昔のままだ。

内川有紀。

確か自分より七歳年上のはずだから、おそらく現在二十六歳。

「姉ちゃん」と呼んでいるが実の姉ではなく、年の離れた従姉である。母親の兄の子どもで、昔は近所に住んでいたから、よく遊んでもらったのだ。

「だっ、だって久しぶりだし……そんな格好してるから……」

ジャケットにタイトミニスカート。

有能な秘書のような雰囲気では、有紀とは思えないのも当然だ。

なんせ有紀は「元ヤン」で、十代の頃は地元でちょっと名が売れていた。

けんかっ早くて、しかも強い。

上背があって手足がすらりとして長かったから、おそらくリーチの差で勝っていたのではないか。

と、思えば大学時代はギャルで、イケイケのパリピってヤツだった。

それが急に美人秘書みたいな格好で現れたら、誰かわからなくなるのも当然だろう。

「そんな格好ったって……あたしも社会人なんだからスーツくらい着るわよ。しかし、あんたは変わんないわねえ。童顔だと思ってたけど、ここまで変わらないとは」

有紀が顔を近づけてきた。

(うおっ。有紀姉ちゃんって、こんなにイケてたんだっけ？)

ドギマギした。

というのも、顔立ちが整っていたのは昔から知っていたが、なにせヤンキー時代は怖くて、顔をじろじろ見たりなんかできなかった。

大学時代は、とんでもなく盛ったメイクだったから、原型をとどめていなかった。

だからちゃんと素顔っぽいのを見たのは、子どもの頃以来だ。

しかもである。

すらりとしたモデル体型なのに、ミニスカートから覗く太ももは、健康的な太さでエロかった。

(ああ、胸も……けっこうデカくなってる……スタイルいいなあ)

ジャケットの下に着た白いブラウスの胸元が、悩ましい丸みを帯びているのがちらりと見えた。

と、盗み見ていたら、有紀がにんまりと笑った。

「そうだよねえ、大学生だもんねえ？　気になるわよねえ、ほれ」

有紀が前屈みになって、ブラウスの襟元を指で下げたから、胸の谷間がはっきりと見えた。

「なっ、何してるの？」

「何って、あんた女っ気ないからさあ。ちょっとサービスしてあげようかなって。亜矢ちゃんとはまだそういう関係じゃないんでしょう？」

「は？」

なんで知ってるんだと、拓也は目を細める。

すると有紀はイジワルそうな目つきで、ニヤニヤ笑った。

不気味だ。

「亜矢のこと知ってるって、ど、どういうこと？　それになんで勝手に中に入ってこられたの？」

非難すると、

「じゃーん」

と、この部屋の鍵を見せられた。

鍵は不動産屋から三本もらっている。一本がスペアで部屋の中に隠してあり、一本が普段使いのもの。そしてもう一本は実家の母親に渡してあった。

ということは……。

「おばさんから、あんたを監視するように頼まれたのよ。ひとりだと大学とか休んだりしそうだからって。あたし、就職して東京に行くって言ったでしょ？　この沿線なのよねえ。千佳子さんや亜矢ちゃんも近いってのは、知らなかったけれど」

「マジ？」

なんという偶然か……というよりも、もしかしたら、母親がやたらここを勧めてきたのは、松岡家や有紀のことを知った上でなのかもしれない。

「ってワケで、これからはへんなことしたら容赦しねえから」

すごまれる。ちょっと昔のヤンキーの片鱗が見えてビクッとした。

硬直していると、有紀はすぐにニコッとした。

「まあ、そういうことなんで、よろしくっ」

股間の勃起をギュッと握られて、拓也は、

「ぐええっ」

と、断末魔の声をあげる。

心地よい朝が、台無しである。

2

「こ、こんにちはー、ひっ！」

亜矢に誘われ、後日、再び松岡家を訪ねたときだった。

千佳子は亜矢に見えないところで険しい形相になり、じろりと睨みつけてきて拓也は震えあがった。

「ひっ……お、お、お邪魔します……」

「……どうぞ。なんのお構いもできませんけどね」

千佳子に冷たく言われて、拓也は怯えた。

なのだが……おそるおそる千佳子の顔を見ると、彼女は恥ずかしそうに顔を赤くしている。

(僕の前で、イッたんだもんな……)

あの日の夜。寝る前にいろいろ考えてみたものの、千佳子が腰をガクンガクンと淫らにくねらせたあの仕草は、アクメしたとしか思えなかった。

だとすればだ。

ちょっとだけ、千佳子に対して優位に立ったように感じる。弱みを握ったと言うべきか。

そのせいもあって、冷たくされても、この前ほどは緊張しなかった。

「あ、あの……今日は絶対に、あんなことしないから……」

千佳子の背中に向けて言うと、彼女はくるりとこちらを向き、

「当たり前よ！　あっ」

千佳子は咳払いをして、拓也の前で声をひそめた。

「……あんなの……もう二度としちゃダメよ。亜矢に告げ口しなかったのは感謝しなさい」

怒りつつも、しかし千佳子の目は濡れていた。

「で、でも……おばさん、僕……昔の……あのことをずっと覚えてて……」

「え？」

千佳子の顔が一気に曇った。

やはりだ。いろいろ対策を考えてきてよかった。

「あのとき……ずっと前……スカートをまくって、パンティ見せてきたでしょ。あのときから、おばさんのことずっと想ってた」

「ああ……」

千佳子が愕然とした顔をする。

やはりだ。

七年前。

あのイタズラに負い目があると思ったが、案の定だった。

「あ、あれは……その……拓くんが見たいと言ったから……」

「でも、あのせいで僕、同世代の子を好きになれなくなっちゃったんだ」

千佳子の顔が強張った。

「ごめんなさい……あれは……」

「ずっとずっと想ってた。でも、おばさんがお願いを叶えてくれれば……僕……亜矢と気兼ねなくつき合うことができると思う」

その言葉に、千佳子の顔がパアッと明るくなった。

本当は口から出任せだった。

実のところ、千佳子のことは関係なしに亜矢とはつき合いたいと思っていた。

だけど……一度だけ夢を叶えたい。

「拓くん、ホントに？　亜矢のこと考えてくれるのね、よかった」

千佳子がホッとした表情をする。

柔和な優しいママの顔。

その表情を見て、拓也は昂ぶった。

「私が、何をすればいいの？」

「僕、一度だけ……お、おばさんとセックスしたい」

たっぷり三秒、間があった。

そして、千佳子はこれ以上なく、タレ目がちな愛らしい目を見開いた。

「は？　え？　は？　セッ……わ、私と拓くんが？　えええ？」

真っ赤になって、あわあわとしている四十二歳の人妻が、いじらしくて微笑ましかった。

「拓くん。な、な、な、何を言ってて っ……」

そこで千佳子は慌てて言葉を切った。

リビングのドアが開いて、亜矢が顔を出してきたからだ。

「ママも拓も、どうしたの？　ずっと廊下で話してて」

亜矢が訝しんだ目で千佳子と拓也を交互に見た。

「な、なんでもないのよ。昌子さんの話」

千佳子が慌ててウソをつく。

「ふーん……ねえ、拓っ。上にいこ」

亜矢が不機嫌そうな顔をする。

明らかに母親を敵対視しているようだ。

自分の母親をかなりの美人とわかっているから、嫉妬しているのだろう。

階段をあがる前に、ちらりと千佳子を見た。

まだ顔を赤くして狼狽えていた。

(か、可愛いなっ……おばさん……まだ迷ってる)

千佳子に近づき、こそっとささやいた。

「や、約束だよ。おばさん。さっきの話……」

真剣な顔で話すと、千佳子は、ため息をついた。

そして困ったような顔をした後……小さく頷くと、恥ずかしそうな顔で去っていくのだった。

(えっ？　い、今、ＯＫだって！　やっ、やった)

思わず階段を駆けあがって亜矢の部屋に行くと、

「なんでそんなにバタバタしてんの？」

と、亜矢に冷静に突っ込まれた。

その日は何度も亜矢に「気持ち悪い」と言われつつも、ニヤニヤがとまらなくて、ずっとそわそわしっぱなしだった。

ごめんな、亜矢……と思いつつ、またニヤけてしまう。

3

その日の夕方。

コンビニのバイトでレジ対応しながら、拓也はぼうっと考えていた。

(千佳子おばさんが、セックスＯＫしてくれるなんてっ。夢みたい……)

半ば強要したみたいなもんだけど、同意したのは間違いない。

となると、どこでヤルか、いつ誘うか……だ。

頭がピンク色に染まる中で思ったのは、

(初めてなのに、ちゃんとできるのか？　一回だけのチャンスだからなぁ……)

という不安である。

一度だけのチャンスに暴発したり、挿入できなかったりしたら、一生悔いが残るだろう。

と、考えて……。

（待てよ……とりあえず指でイカせられたんだよな。だったらセックスでも、おばさんが今まで味わったことのないくらいイカせて夢中にさせられたら、二度、三度と何度もできるんじゃないだろうか）

いい考えだ！　と思いついてから、冷静になってもう一度考える。

ちょっと待て。童貞には荷が重すぎる計画である。

相手は四十二歳の人妻。

経験もいろいろ積んできているだろうし、あれだけの美人なのだから、若い頃なんか誘われまくっただろう。

せめて練習でもできればいいのだが……。

（やっぱり風俗かなあ。でも、何度も行くほどお金ないし……）

何より、初めてが風俗というのは味気ない気もするのだ。

（ん？）

ハッと気づくと、小さな女の子が気味悪そうな顔をして、ペットボトルのお茶をレジに出していた。

（やばっ）

慌てて笑顔をつくり、対応する。

「ねえ、拓也くん。さっきから大丈夫？」

彩也香が苦笑しながら、横に立った。

「僕、な、なんかおかしかったですか？」

「……おかしいっていうか、不審者よ、もう。難しい顔してると思ったら、次の瞬間はニヤニヤしてるし……売り上げに響くくらいよ」

ウフッと笑う彩也香の口元のほくろが、今日はいつも以上に艶めかしく感じてしまう。

（そうだっ、彩也香さんが……ヤラせてくれたら……）

そんなことを思っていたら、彩也香が目を細めて見あげてきた。

「ホントにどうしたの？　今日はやけに私のおっぱい見る目が生々しいわ」

ささやくように言われて、ドキッとした。

「えっ、い、いや、そんなこと……うっ」

ズボン越しに股間を撫でられ、拓也は慌てた。

前を見る。

一応、彩也香のイタズラする手は、レジのカウンターに隠れて客には見えない。

(だからって、いきなり、こんな大胆な)

腰を引きながら彼女見ると、口元のほくろがセクシーな唇を、突き出してくるように挑発的な顔をした。

「こんなに大きくして……お客さんの前に出られないじゃないの」

ほっそりした指でスリスリとさすられると、暴発してしまいそうだ。

これはまずい、と拓也は慌てた。

「あ、あのっ！」

「ん？」

彩也香が手をとめる。

「いやだった？」

拓也は首を横に振り、顔を近づけて耳元にささやいた。

「……実は、僕……童貞なんです。だから……そんな風にされたら……」

「え？　そうなの？」

彩也香は優しい表情を向けてきた。

「そうなんだ。拓也くん、モテるかと思ったのに。じゃあ、こういうのも初めてなのね」

またズボン越しに股間を触られた。

「うっ……は、はい……触られたこともないですっ」

「そっか。どうりで私みたいなおばさんをやけに熱っぽく見てきて、オチンチン大きくしてると思った」

人妻が淫語をさらりと口にして、拓也は身体をさらに熱くする。

「お、おばさんなんて……彩也香さん、可愛らしくて色っぽくて」

「あらあら、そんなに褒められたら照れるわよ。ちょっと待ってて」

彩也香はそう言うと、レジを離れてからすぐに戻ってきた。

「……うれしいわね。拓也くんみたいな若い子に、可愛いなんて言われると。この前も言ったけど、私……旦那にもう相手にされてなくてね。ホントに女としての自信なくしてたんだから」

また、カウンターの下でイタズラされた。

慌てて言う。

「うっ……あ、あんまりすると、まずいですよ。防犯カメラもあるし」

「ウフッ。だからカメラが映している位置を変えてきたんじゃない。私たちの姿は見えないわ。ちょっとの時間だけね」

言いながら、彩也香がこっそりと、拓也のズボンのファスナーを下げてきた。

（えっ！）

焦る拓也を尻目に、ズボンの隙間から手を入れてくる。

「くっ！」

慌ててまわりを見渡してから、彩也香を見る。

普段の可愛らしさと打って変わって妖艶な表情だ。口元のほくろがなんとも艶めかしく見えてしまう。

「あ、彩也香さんっ……あの……」

「ウフフッ。だってこれ、まずいでしょう。小さくしないとね」

ボクサーパンツのクロッチにまで手を差し入れられて、いきり勃ったモノに触れられた。

（う、うわあっ！　お、女の人の手が……僕のチンポに触れている）

レジに立ちながら、どっと汗が噴き出してきた。

彩也香の指は、根元をキュッと圧迫したかと思うと、そのまま亀頭のくびれや裏筋をなぞり、形や大きさを確かめるようにいやらしく動いてくる。

「くう」

あまりの刺激に拓也は腰を震わせて、ハアハアと喘いでしまう。

「ウフッ……反応がいいわね、拓也くん。オチンチンにちょっと触っただけで、こんなに硬くして……バイト中なのにいけない子ね」

「え……い、いやっ……だって、そんな風にされたら……うっ！」

拓也はレジの端をつかんで腰を曲げる。

彩也香の手が、直に勃起をシゴいてきたのだ。

（ああ、じ、自分でするのとは全然違う……な、何これ……）

狼狽えた。

ほっそりした女性の指が気持ちよすぎるのだ。

女性にチンポをいじられるということが、これほどまでに気持ちいいなんて。セックスなんかしたらどうなってしまうんだろうと、期待が一気にふくらむ。

「ウフフッ……だめよ、口なんか開けて。ちゃんと仕事をしてるふりをして」

ささやかれて、ハッとした。

慌ててレジ前の商品を整理する。

だけど、意識はすべて自分の分身に集中している。

彩也香の指が、さらにいやらしく、ねっとりと動き、敏感な鈴口までも撫でつけてきた。

「ぐっ……！」

危うく声を漏らしそうになり、拓也は歯を食いしばる。

甘い陶酔感が一気に広がり腰に力が入らなくなる。

「ウフッ。先っぽから、ねちゃねちゃしたオツユが出てきたわ。ちょっと触っただけでこんなになるなんて……女の人は初めてって、ホントみたいね」

彩也香の手がガマン汁を引き伸ばして、切っ先をぬるぬると包み込む。

（あっ、あっ……や、やばいっ……）

出てしまいそうだった。

だが、彩也香はまるでそれをわかっているかのようで、射精しそうになると指はぴたりととまってしまう。

「だ、だめですっ……もう、もう……出そうですっ」

ハアハアと息を荒げながら、涙目で彩也香を見た。

彼女は真面目に業務をするフリをしつつ、ウフッと笑みを漏らす。

「出ちゃうって、何が？　まさかアルバイトしている最中に、お客さんの前で白いものをピュッ、ピュッなんて吐き出したりしないわよね。不衛生よ」

彩也香がまた、からかうように微笑む。

「そ、そんなっ……だって……」

コンビニのレジで射精なんかしたくない。

だが今までに味わったことのない甘美な刺激は、大学生で童貞の拓也の理性や羞恥を遥かに凌駕していた。

「でも……ああ……もう……さ、彩也香さん……だったらお願いがあります」

彩也香が上目遣いに色っぽく見つめてきた。

「なあに？」

「ど、童貞卒業させてくださいっ」

「え？」

言ってしまった。

これほどエッチなことをしかけてくるくらいだ。

ヤラせてくれるんじゃないか。

そう思ったのだが、案の定だ。

「いいわよ」

あっさり言われた。拍子抜けであるが、ドキッとする。チンポがビクビクした。

彩也香は艶めかしい目を向けてくる。

「あらあら。したくてしょうがないって感じね。裏に行きましょうか。もうすぐシフトの交代だし。それまでこのオチンチンがもてばだけど」

言いながら、彩也香の手がまたシゴきはじめる。

（くああ、彩也香さんっ……ま、待ってて っ……）

腰がひくひくする。

だめだと思うのに、尿道をかけあがってくる欲望をこらえきれない。

そのときだ。

レジに客が来るのが見えた。

彩也香の温かな手がすっと離れていく。

（あ、ああ……助かった）

拓也はハアハアと息を荒げて、客に見えないようにべとべとになった勃起をしまってファスナーをあげる。

もし客が来なかったら、このまま射精していただろう。

それほどまでに人妻の手コキは気持ちよすぎて、おかしくなりそうだった。

4

「そこに立って」

彩也香に言われるままに、バックヤード内の壁際に立つ。

すでに夕方から夜のシフトのふたりは店の方に立っている。

だけど、このスタッフルームは鍵がかかるわけではないから、もし夜のシフトのふたりが戻ってきたら確実に見られてしまう。

「でも……初めてがこんな場所でいいのかしら？　時間のある別の日だったら、拓也くんのおウチに行ってあげるのに」

拓也は慌てた。

「い、いえっ……い、今がいいですっ……も、もし彩也香さんが、いやじゃなかったら」

必死で訴えた。

別の日までなんて、ガマンできるわけがない。

もう視線は、彩也香のコンビニ制服の胸のふくらみや、白いスリムパンツのはちきれんばかりのヒップに釘づけである。

ここでお預けなどと言われたら、襲いかかっちゃいそうだ。

「ウフフッ。そうよね、射精寸前までいって、寸どめされたんだものね」

ぴったりとくっつかれる。

緊張して汗ばんできた。

女の甘い柔肌の匂いが漂い、鼻腔を満たしてうっとりしてしまう。

「ウフッ。ハアハアしちゃって……うれしいわ。こんなおばさんに、そこまで興奮してくれるなんて」

「で、ですから……彩也香さん、おばさんだなんて……ああ……」

彩也香が自分の制服のボタンを外しはじめる。

ブラジャーに包まれた豊かなふくらみが、次第に見えてくる。

緊張が高まる。

息苦しい濃密な雰囲気が漂ってくる。

(ホ、ホントにいいんだ……僕が、いよいよ女の人とセックスを……しかもこんなキレイな人妻と)

目が釘づけだった。

彩也香がはらりと制服の前を開くと、大きなブラジャーに包まれた乳房がたゆんとこぼれ出る。

拓也はハッとして、息を呑んだ。

ベージュのフルカップブラジャーに包まれた、たわわなふくらみが、ゆさりと揺れていた。むぎゅっと真ん中でせめぎ合い、悩ましいほど白くてエロい胸の谷間を見せつけてくる。

（す、すごいっ……）

呆けていると、彩也香は恥ずかしそうにしながらも、ブラカップを自分の手でまくりあげていく。

（な、生おっぱいだっ……すげえ。こ、こんなに大きいんだ、彩也香さんって……）

だらしなく口を開き、凝視した。

明らかに普通の女性よりおっぱいが大きかった。

ただ大きいだけでなく、お椀のようにふっくらとした丸みがあり、おっぱいの下部にもしっかりと曲線が見える美乳だった。

さすがに子どもを産んでいるから、乳首や乳輪はくすんだ色をしているが、それが逆に生々しくてエロかった。

「いやだ……拓也くん、もしかして、女の人の裸をナマで見るのも初めて？」

訊かれて、千佳子のことを考えた。

パンティを見たこともあるし、アソコに指を入れたことだってある。

だけど裸は見たことがない。

「は、初めてですっ……」

うつむいて答える。

大学生にもなって、女性の裸すら見たことないなんて、気持ち悪がられないだろうか。

おそるおそる顔をあげる。

彩也香の表情は優しい母親のものだった。

「ウフッ……全部初めてなのね……可愛い……」

乳房を露出させたまま、人妻が身体を寄せて見あげてくる。

長い睫毛(まつげ)に、ラメの入ったキラキラ目だ。

厚ぼったい唇も赤くて瑞々しい。

見ているだけで、おかしくなりそうだった。

「緊張するわよねえ……ねえ、おっぱいに触ってみたいんでしょう？　あんまり時間もないし、はい」

　手をつかまれて、乳房に導かれる。

　おずおずと指を動かすと、ふにゅっと乳肉に指先が沈み込んでいく。

（こ、これが、おっぱいの触り心地……う、うっわー、やわらけー）

　もっちりした感触、しっとり汗ばんだ温もり、それに指を押し返すような弾力もあって、生まれて初めての感触だった。

「どう？　私のおっぱいなんかで、申し訳ないけど。もっと若い子だったらねえ」

「い、いえ、重たくて、柔らかくて……すごいですっ」

　もうそんな言葉しか出てこなかった。

　彩也香は三十路（みそじ）を越えた子持ちママで、かなり自分を低く見ているけれど、アダルトビデオの単体女優ばりにスタイルもいいし、おっぱいも形がいいのだ。

（それにしても迫力だな）

　緊張しつつ、もっとグッと揉んだ。

　すると、

「ンンッ……」

　くぐもった声をあげ、彩也香が口元を手で隠した。

（か、感じたんだ。くうう、千佳子おばさんもそうだけど、人妻が感じるときの声ってたまらないな）

昂ぶったままに、今度は下乳からすくうようにしたり、形を変えるほど揉んだりする。

いつしか乳首がムクムクと尖ってきたように見える。

色も赤みを帯びたような気がする。

（乳首が硬くなってきた……すげえ……）

気がついたら乳首に吸いついていた。

「あっ……！」

彩也香がビクッとした。

驚いて吸うのをやめると、彩也香はうっすら笑みをこぼして、拓也の後頭部を撫でてくる。

「男の子っておっぱい吸うのが好きよねえ……ウフフッ。いいのよ、もっと吸って」

許されたので、言われるままにしゃぶりついた。

（彩也香さんのおっぱい、美味しいっ……）

息子は大きいから、もう母乳は出ていないはずだ。

なのに、甘ったるいミルクの味がするような気がして、夢中になってチューッと吸うと、

「んふっ……ンンッ」

彩也香はビクン、ビクンとして、気持ちよさそうに身体をくねらせる。

(か、感じてるぞ……)

吸いながら見あげて人妻の表情をうかがうと、眉をハの字にして、せつなそうな吐息を漏らしている。

(エッ、ロ……彩也香さんの感じてる顔、たまんないよっ)

拓也はわけもわからず、必死で人妻の乳首をちゅぱちゅぱと音を立てて吸い、舌を使って、ねろねろと乳首を横揺れさせる。

「んっ……あっ……はあんっ……」

彩也香の呼吸が、さらに乱れてきた。

やはり乳首という部位は、かなり感じるのだろう。

ならばと舐めながら、片方の手で、くりっ、くりっ、と乳首を捏ねてみた。

すると、

「あっ……あンっ……」

彩也香が立ったまま、全身をびくっ、びくっ、と震えさせ、甘ったるい吐息を漏らしはじめる。

（くうう……彩也香さんも興奮してる）

舐めていると、彩也香の身体がしっとり汗ばんできた。

甘酸っぱい汗の匂いに、香水の匂いが混じって、いやらしい気持ちがどんどん強くなっていく。

（千佳子おばさんと同じだ。セックスのいやらしい匂いがする）

屹立（きつりつ）がググッと持ちあがるのを感じる。

だが、それを恥じる余裕すらない。

股間を硬くしたまま、人妻の乳房を強く揉みしだいて乳輪を舌でなぞり、何度も乳首を、ちゅぱっ、ちゅぱっ、と吸いあげる。

「はぁん……じょ、上手よ……んんっ、ああんっ……」

彩也香はかすれた声でささやき、今にも泣き出しそうな、せつない顔を披露してくる。

くりっとした大きな目が物欲しげに細められ、拓也の顔をじっと見てきた。

口元のほくろがセクシーな唇から、ひっきりなしに甘い吐息が漏れて色っぽい。

「ぼ、僕……ホントに上手ですか？」

不安だったので訊いてみた。

「ええ……とっても上手よ。ホントに初めてなの？　私、もう……」

彩也香が、うふんっと鼻にかかった甘い声を漏らしながら、拓也の背に手をまわしてくる。

（ああ……柔らかいっ……女の人の身体……）

拓也も抱きしめていた。

汗と唾液で濡れた乳房が、拓也の制服越しの胸板に押しつけられる。

ふたりの唇がやがて惹かれ合うように重なっていく。

「拓也くん……ンッ、んふっ」

「さ、彩也香さ……ん」

人妻とキスをした。心臓が飛び出しそうだ。

（これが、キ、キス……）

感動でジーンとした。

キスは心を許してないと、できないものだろう。

だが彩也香の方から、大切な唇を差し出してきているのだ。

(女の人からチューをされてる……キスって、いい……)

うっとりして目をつむる。

どうしていいかわからぬまま、カチカチに固まっていると、

「んふんっ……ううんっ……うう」

と、彩也香は甘ったるい鼻声を出しながら、何度も角度を変えて、ぬめる唇を重ねてくる。

(ああ、大人のキスされてる……)

甘い唾液と柔らかな唇の感触。ミントのような呼気。

あまりに気持ちよくて、うっすらと唇を開けると、ぬるりとした生き物のような物が口の中に入ってきた。

(ん！　こ、これって……？)

驚いて目を開けた。

しばらくしてわかった。彩也香が舌を差し入れてきて、口の中をくすぐるように舐めまわしてきたのである。

(彩也香さんの舌が……僕の口の中に入ってきて……ああ、いいの？)

拓也もおずおずと舌を差し出す。

すると、舌でからめ取られて、唾液までをすすり呑まれた。

とろけるような気持ちよさだった。

(ベロチューしてると……気持ちまで持っていかれちゃう)

彩也香のことがどんどん愛(いと)おしくなってきて、夢中で舌を動かし、お互いに唇を吸い合った。

「んふっ……ううんっ……」

人妻は、ますます悩ましい鼻声を漏らし、もっと過激に舌を動かしてくる。

(ああ……彩也香さん……)

ベロチューしながら拓也のズボンのベルトを外してくるのだから、彩也香も昂ぶっているのは間違いなかった。

彩也香はもう一刻も待てないという感じで拓也のペニスを取り出して、根元に細指を巻きつけてゆったりとこすってくる。

「んっ……んん……」

口づけしながらの手コキで、拓也は恍惚(こうこつ)とした世界に導かれていく。

(き、気持ちよすぎっ……)

また出てしまいそうになってきた。慌ててキスをほどいて彩也香を見る。

人妻は少し不安げな顔をした。

「……もしかして、拓也くんのファーストキスだったかしら？　おばさんの舌、気持ち悪かった？」

「ち、違うんです……その……また……出てしまいそうになって」

正直に言うと、彩也香はクスクス笑った。

「ウフフっ。よかった。チューはイヤじゃなかったのね」

「い、いいに決まってますっ。彩也香さんとキスできるなんて、ホント夢みたいで……で、でも……どうして僕なんかに……」

旦那との関係が悪くて、寂しいのはわかってる。

だけど、それならわざわざ童貞の大学生じゃなくて、もっとイケメンの男でもいいだろう。これだけ可愛らしければ、男なんてよりどりみどりなはずだ。

彩也香は拓也の言葉に、少し戸惑った顔をしながらも、

「ウフフ。だって拓也くんって、いっつも一生懸命だし、いろいろ私を手伝ってくれるし……それにギラギラした目で私のことを見て……あんなに見られたら、私……」

そこまで話して、ニコッと微笑んでくれた。

「少しでも拓也くんのためになりたいの。おばさんでいっぱい練習してね」

「練習なんて……でも、もしホントに好きなようにしてもいいなら……」

見つめ合う。

もう一度、どちらからともなくキスをした。

「んむっ、んふん……」

彩也香は背伸びをして、懸命に拓也の口を吸ってくる。

舌を入れられた。

今度はこちらも舌を入れてみた。

彩也香の舌や口の中を舐めまわしていると、彼女はスリムパンツの下腹部をぴったりと密着させてきて、拓也の股間にこすり合わせてくる。

（い、いやらしい……彩也香さんも、もう欲しくてたまらないんだ）

キスをほどいて必死に訴えた。

「さ、彩也香さん……ほ、ホントに……い、いいんですね」

もうガマンできなかった。

だが、そのときだ。

バックヤードのドアがガチャッと音を立てる。

慌てて拓也は離れて、倉庫の整理をしているフリをした。

肩越しに見れば夜のシフトの若い男だ。

彼は異様な雰囲気を感じ取ったのか、無言で何かを手に取ると、さっさと出ていってしまう。

「危なかったわね」

彩也香がクスッと笑った。

「あ、あの……」

拓也が不安げに言うと、

「大丈夫よ。最後までさせてあげるから」

と、彩也香が宣言してくれたのでホッとした。

5

彩也香に連れられて来たのだが、ラブホテルはもちろん初めてだった。

だが物珍しいと部屋を見渡したのも、ほんの数分だ。

すぐにまた彩也香とキスをして、そのまま彼女を壁に押しつけて、夢中で舌をからめて気分を高めていく。

シャワーを浴びるなんてことも頭にないほど興奮していた。

キスをほどいてから、いよいよ彩也香のスリムパンツのボタンを震える手で外し、ファスナーを引き下ろす。

苦労してスリムパンツを脱がしていくと、ベージュ色のパンティが露わになった。

(ああ、ムチムチだ。すごいエッチ……)

地味な普段使いのベージュパンティに包まれた下半身が、むっちりしていて女らしい丸みを帯びていた。

腰はくびれて細いのに、そこからヒップや太ももにかけて悩ましくふくらんで、ボリュームがある。

いかにも熟女らしい、ふっくらした身体つきだった。

(女の人のお尻と太ももって、エロいんだよな……)

しゃがんで彩也香のズボンを足首まで下げながら、おずおずとヒップや太ももを撫でまわしてみた。

たわわな肉のしなりが、たまらない触り心地を伝えてくる。

「ウフフっ……いやらしい手つき……ねえっ、ねえ……もっと触って」

三十二歳の熟女の美貌がとろけていた。

口元のほくろが、人妻のいやらしさを醸し出してくる。

大きな目がねっとりと細まり、欲望の色がはっきりと浮かんでいた。

言われるままに、彩也香の豊かなヒップをいやらしく、さすったり揉んだりしているると、

「ああんっ……ねえ……拓也くんっ……」

媚びを売るような甘い声を放ち、人妻は自ら壁に手をついて、ぷりっとした尻を突き出してきた。

「ああ、さ、彩也香さんっ……なんていやらしい格好……」

うわごとのように言いながら、白くて丸いヒップに顔を近づけていく。

すごい光景だった。

ベージュのパンティに包まれたヒップの匂い立つような迫力に、拓也はしばし呆然と見ることしかできなかった。

背中からヒップへの急激なカーブも女らしい。

素晴らしい身体だ。

拓也は震えながらも彩也香のパンティの上から尻割れを指で触り、そのままスーッと下部までなぞると、

「あっ……！　ああっ……」

彩也香は声をあげて、尻たぶをキュッと締める。

かまわずなぞり続けていると、ますますヒップがこちらに突き出されて、もっと触ってほしいとばかりに、くなっ、くなっと揺れはじめる。

（す、すごすぎるっ……）

身震いするほどのエロさに興奮し、女の狭間をさらに強く撫でると、いよいよパンティの下部にじんわりとシミが浮きあがってきた。

（うわわ……パンティにシミがついて……こ、これって……もう濡らしてるってことだよな）

ＡＶで見た光景だ。

実際にお湿りを見てしまうと猛烈に興奮する。

拓也は鼻息荒く、その舟形のシミに指を突き立てた。

指を動かすとシミが広がり、ねちゅ、ねちゅ、と水音が立って、

「あっ……あっ……くぅぅ……い、いやんっ……拓也くんっ、いやらしい、いやらしいわ」

肩越しに見せる人妻の美貌が、恥ずかしそうに真っ赤に染まっている。

もう耐えられなかった。

気がつけば、無我夢中でベージュのパンティに手をかけて、するりと引き下ろしていた。

(うわあっ！)

パンティのクロッチと人妻の秘部に愛液の粘っこい糸が引いていて、拓也は目を大きく見開いた。

(彩也香さんが……可愛い熟女が、こ、こんなに濡らして……)

パンティのクロッチの部分に、クリーム色のシミがべっとりついていた。

ぬるぬるしていて、ツンとするような生臭さを発している。

(こ、このいやらしい粘着液が、愛液か……千佳子さんも濡らしてたよな)

尻の狭間の下部は、すごいことになっていた。

(すげ……こ、これが……おまんこ……生で見ると、すげえいやらしい……)

思わず見とれた。

巨尻の尻割れの下部に、蘇芳(すおう)色の肉ビラがハミ出していた。

肉裂が、くぱっと開いていて、そのワレ目の内側には濃いピンクの媚肉がぬめぬめと光っている。

（ぐちょぐちょだ）

そっと指で触れると、粘着質の体液がねばーっと糸を引く。熱くて、ムンムンに濡れていて獣じみた匂いがした。

（すごい匂いなのに……舐めたくなる……）

拓也は彩也香のなめらかな尻肌をさすりながら、桃割れに顔を押しつけて舌を這わそうとした。

「あんっ、いやっ」

舐められるのが恥ずかしいのか、彩也香の尻が引っ込んだ。

だが、尻割れの下部からムンムンと漂ってくる獣じみた芳香は、すでに拓也をおかしくさせてしまっていた。

「いやなんて……も、もうガマンできないですっ」

切羽つまった声で言いながら、ぬめった膣口に指を這わせていく。

「あああッ……！」

彩也香が恥じらいの声をあげ、壁に手を突いたまま顔をせりあげた。

手マンだけは経験がある。

千佳子をイタズラしたときのことを思い、指を出し入れしていくと、ぬちゃっ、ぬちゃっ、と蜜の音が激しくなっていく。

「ああっ、だめっ……そんなにしたら……ああんっ、拓也くんって、ホントにしたことないのかしら？　いや、ああんっ……」

彩也香が肩越しに泣き顔を見せてきた。

ラメの入ったメイクで、キラキラしている美貌は汗ばみ、大きな瞳はもう濡れ濡れで、目の下はねっとりと羞恥の朱色に染まっている。

こんなに濡らしたことが恥ずかしいんだろう。

でも、それならば……もっといじめてみたくなる。

ねちっこく指で花びらをいじってみれば、

「ああっ、はああんっ……いやあん……」

と、彩也香は恥じらいの声をあげるものの、ヒップを再び突き出してきた。

恥ずかしいのに快楽には抗えないようだ。

エロすぎる光景に、拓也はノックアウトされた。

「も、もう……だめですっ……い、入れたいっ」

限界を訴える。

彩也香が肩越しに振り向いて、小さく頷いた。

「いいわよ。でも……ホントに私が初めてでいいのね」

「も、もちろんです」

拓也はズボンとボクサーブリーフを一気に下ろし、パンパンの勃起を握りしめ、切っ先を桃割れに向ける。

(い、いくぞ……セックスするんだ……)

だが……いざ挿入しようとすると躊躇(ちゅうちょ)してしまう。

初めてが立ちバックという不安がある。

それにゴムのつけ方がわからない。

そんな拓也の不安を感じ取ったのか、彩也香が振り返って見つめてきた。

「大丈夫よ。何も怖くないから……私も拓也くんが欲しいの……練習なんて言ったけど……拓也くんのものにされたいの。そのまま来てっ」

ムンムンとした色っぽさに当てられて、拓也は意を決して尻割れにぬめった切っ先を近づける。

「入れるところはわかる？　ここよ……」

彩也香は尻を突き出しつつ、右手を自分の開いた足の間からくぐらせてきて、指でVサインをつくって小淫唇を、くぱぁと広げた。

（うわあ……彩也香さんが広げてくれてる……なんてエッチな光景……）

身体が震えた。

心臓がバクバクと音がする。

緊張で身体中から汗が噴き出ている。

焦りつつも何度か亀裂を先端でまさぐっていると、嵌まった感触があった。

ここだ、と腰を入れる。

ぬるんっと切っ先が嵌まって、狭い入り口を押し広げていく感覚が伝わってきた。

（は、入ってる！　い、今……僕、女の人の中に入ってるんだっ……）

さらに腰を入れていく。

すると、亀頭がゆっくりと人妻の中に沈み込んでいき、

「はっ、はあああっ……！」

彩也香から、ひときわ大きな声が漏れる。

壁に手を突いて尻を突き出した格好のまま、美しい人妻は挿入を感じて顔を跳ねあげた。

「す、すごっ……ああ、彩也香さんの中っ……すごいっ」

膣内はとろっとろの、ぐちゃぐちゃだった。

思ったよりも熱くぬかるんでいて、とろけるような柔らかさだ。

（これがおまんこの感触なんだっ……あったかくて、ぬるぬるして……ああ、チンポがとけちゃいそう）

感動で身体の力が抜けそうだった。

初めてなのに、立ちバックができたことがうれしいし、何より女の中に突き入れているという感動で涙が出そうだ。

（が、がんばれ……出すんじゃないぞ……味わえ……）

必死に歯を食いしばり、チンポに意識を集中させる。

すると、

（ああ、わかるぞ……生だから感触がすごい伝わってくる……）

ちょっと動かすだけで、カリの部分が膣壁をこすっている実感が湧く。

それだけで得も言われぬ快楽が押し寄せてきて、気がつけば本能的に腰を動かしてしまっていた。

「はああっ！　い、いきなりそんなに激しくするの？　ああん……でも、いいっ、いいわっ」

彩也香が叫んだ。

同時にたぎった女の内部が、肉竿をソフトに包み込んでくる。

「くっ……ああ、さ、彩也香さんっ……気持ちいいっ」

「ああんっ……あんっ……い、いい？　よかったわ。いいのよ、初めてなんだから、好きなように突いてっ、私もすごくいいから……」

彩也香が肩越しに潤んだ瞳を見せてきた。

口元にほくろのある唇が、ハアハアと半開きになっていて、見るからにエロティックだった。

（よ、よしっ……）

両手で彩也香のくびれた腰をがっしりつかんだ。

（ほ、ほっそっ……）

改めて彩也香のスタイルのよさに感嘆した。

逆ハート形をしたふくらんだヒップは丸々としているのに、腰は折れそうなくらい細かった。

（でも、つかみやすいな……）

そんなことを思いつつ、力任せのピストン運動で、みっしりつまった媚肉をぬぷぬぷと音がするほど、えぐっていく。

「ああっ！　はあっ……ああっ……んんんっ」

彩也香が立ちバックのまま、大きくのけぞった。

「んんっ……は、激し……はああんっ、だ、だめっ、声が、声が出ちゃうっ」

ペニスはおそろしいほど彩也香の中でみなぎり、先端は突き当たりの部分をこすっていた。

それがいいのか、彩也香は顎を跳ねあげ、甲高い声をずっと漏らし続ける。

（か、感じてるっ……彩也香さんが僕のチンポで感じてるぞっ）

突き入れる目的地があると、余計に興奮する。

気がつけば、ぱんぱん、ぱんぱん、と尻肉が音を奏でるほど、腰をぶつけてしまっていた。

（お尻っ……バックからって、お尻が心地よいんだ……）

腰をぶつけるたびに、ぶわわんと響いて押し返してくる大きなヒップの弾力がたまらない。

（大きなお尻っていいな）

まだ正常位もしたことがないが、とにかく気持ちいいから、ぐいぐいと男根をバックから抜き差ししまくった。すると、

「あぁんっ……はぁあんっ……すごいっ……ああっ……」

彩也香がぶるぶると震えて、大きく背中をそらす。

併せて膣肉が、キュッ、キュッとイチモツを食いしめてくる。

（や、やばい……）

もう限界も近い。

なのに、もっと彩也香を味わいたい。

拓也は立ちバックのまま、彩也香の着ていた白いブラウスのボタンを外す。

そしてブラカップをズリあげ、おっぱいを揉みしだきながら、硬くなった乳首をキュッとつまんだ。

「はんッ！」

彩也香がビクッとして、膣をさらに締めてきた。

「うっ……すごいっ……」

根元を締めつけられたことで、中に入れたままのチンポが脈動した。

彩也香が振り向いた。

「ああんっ、感じるっ……奥までっ……拓也くんのオチンチン、感じるわ」

人妻の顔はもう、とろけきっていた。

（うわああ、彩也香さんの感じた顔、エッチすぎるっ）

眉をくっきりと折り曲げ、今にも泣き出しそうな人妻の表情を見て、欲情のまま、拓也はひたすら本能のまま打ち込んだ。

パンッ、パンッ、パンッ、パンッ！

もう太ももまで愛液でびっしょり濡れていた。

突けば突くほど締まりがよくなり、粘り気たっぷりでからみついてくる熟れた肉襞が心地よすぎて、腰の動きがとまらない。

「あんっ……ああんっ……き、気持ちいいっ……た、たくましいわっ、若い子ってすごいのね……はあああんっ……だ、だめっ……そんなにしたら、ああん、おばさん、イキそうっ……イキそうよっ……はぁぁぁぁン」

ヒップがくねって、もっと圧をかけてくる。

「くうう、さ、彩也香さん、僕もガマンできないっ……で、出そうッ」

たまらず訴えた。

彩也香はまた振り向き、汗ばんだ顔を見せてくる。

「い、いいのよ、出して。好きなときに出していいのよ。おばさんの中に、拓也くんのちょうだい……心配しなくていいから、あんっ……ああんっ！」

そんなことを言われたら、もうだめだ。

甘い切迫感が全身に広がる。

「ああ、で、出るっ……」

叫んだと同時だ。

一気に切っ先が決壊した。

煮えたぎるような精液のエキスが、人妻の奥に向かって放たれていく。

(ああ……)

オナニーでは感じたことのない、全身が痺れるような陶酔感だ。

「ああんっ……すごいっ……あ、熱いの……いっぱい出てるっ……」

彩也香も震えながら、キュッ、キュッと肉竿を締めてくるので、人妻との一体感がいやがおうにも増していく。

(ぼ、僕が……女の人の中に射精してるっ……な、中出し……してるっ)

注いでいる、という感覚はすごかった。

自分の精液が人妻の子宮に流れ込み、身体の奥にまでシミ込んでいくようだ。

(人の奥さんに種づけなんて……許されないことなのに……でも……)

罪悪感はあるが禁忌(きんき)の悦びは、ゾクゾクするような刺激だ。

やがて出し終えて、イチモツを抜き取った。

人妻の尻奥から白い体液が流れ落ちてくる。

「ウフフ……どう？　気持ちよかった？」

彩也香はティッシュでアソコを拭ってから訊いてきた。

「ゆ、夢のようでした。もう頭がおかしくなるかってくらいで……」

「よかったわ。私も気持ちよかった……ねえ、十分上手にできたわよ。ウフフ。でも今度はベッドでお願いね」

そう言って彩也香は抱きついてきて、キスをしかけてきた。

（ああ、イチャイチャしてる……次はベッドでいっぱいしたい……）

一度ヤッたことで自信がみなぎっている。

セックスってこんなにいいものなんだと、拓也は快楽の余韻を味わいながら、彩也香とのディープキスに酔いしれるのだった。

第三章　憧れ熟女の恥じらい性奉仕

1

バイト先の最寄り駅に行くと、ホームは人でごった返していた。

「珍しいわね、こんなに混むなんて……事故があったみたいね」

彩也香が見あげてきて、ニコッと微笑んだ。

（ああ……彩也香さん……やっぱ可愛い）

ぱっちりしたアーモンドアイや口元のほくろが、三十二歳の熟女を大人可愛らしく見せている。

女優ばりに麗しい千佳子ばかりに目がいっていたけれど、彩也香も通り過ぎる男がみな、ちらりと二度見してくるレベルの美貌である。

（こんな美人に、筆下ろしをしてもらっちゃったんだよなあ……）

思わずニヤニヤしてしまいそうだった。

先日と同じように、バイト終わりにふたりでラブホテルに行こうとして最寄り駅に着いたら、どうやら事故があったらしくかなり混んでいた。

電車がやってきた。

ふたりは乗り込むと、連結器の近くまで人の波で押し込まれた。

「キャッ！」

彩也香が誰かに押されたらしく、いきなり抱きついてきた。

（おううっ）

思わず電車の中で、ギュッと抱きしめる。

（ニット越しのおっぱいもいいな……冬服も悪くないっ……）

今日はピンクのニットに、短めのスカートという可愛らしい格好だ。

そんな麗しい人妻をギュッとしていると、童貞を失ったばかりの大学生は、当然ながら生理現象を起こす。

「……っ」

彩也香が顔を赤らめつつ、見あげてきた。

「もうっ……すぐ硬くしちゃうんだから……若い子って、ホントにけだものよね。電車の中よ」

拓也の耳元に口を寄せて小声でささやき、ちらちらとまわりを見る。

「そんなこと言われましても……」

電車が揺れた。バランスを崩すと、彩也香がジロッと睨んできた。

「あんっ……押しつけてきて……わざとなの？」

「そ、そういうわけじゃ……だって、彩也香さんのおっぱいの感触がすごくて……あれ？　乳首が硬くなってませんか？」

からかうと、ギュッと脇腹をつねられた。

「いたっ」

「硬くなんてしてないわ。大体、ブラをしてるのに、わかるわけないでしょう」

「そうですかね」

「そうよ。何を言って……あっ……！」

彩也香が狼狽(うろた)えた顔を見せる。

拓也の太ももが、彩也香の膝の間に割り込んだのだ。

彼女は驚いて、反射的にギュッと太ももを閉じてきた。

とたんに太ももの肉のしなりや、スカートの中の熱気を太ももに感じた。

(もう熱くなってる……)

少し太ももを持ちあげてみると、柔らかな肉の感触があった。

(パ、パンティだ)

ストッキング越しのパンティと、さらにはその内側の秘めたる女性器のふっくらした土手の感触が伝わってきた。

拓也は揺れに合わせて、彩也香の太もものあわいにある脚を動かして、股間部分をぐいぐいこすった。

「あんっ……ちょっと……エッチッ」

彩也香が小声で非難した。見れば、ほっそりした首筋が赤く染まっている。

いやがりつつも、彩也香は早くも息を乱しはじめていた。

「……信じられない。この前まで女の人を知らなかったのに、電車の中で、こんな大胆なことをしてくるなんて……」

「だってガマンできなくて……一度イッてからラブホテルに入ったら、すごく盛りあがったりして」

調子に乗って軽口を叩くと、彩也香がまたじろりと睨んできた。

「……いやだ、ちょっと……私をイカせるつもりなの？　電車の中で」

「それもいいかも……」

ひそひそ声で言うと、また彩也香がつねってきた。

「うっ……」

「もうっ……ばかっ」

と、言いつつも身体を預けてくる。

「……成長しすぎでしょ、もう……」

首筋にキスされた。

（ああ……）

股間がさらに硬くなる。

隣にいたサラリーマンが、横目で嫉妬の眼差しを向けてくる。

（こんなにキレイな人と満員電車でイチャイチャしてる……）

ちょっと前までは考えられないことだった。

童貞じゃなくなったことが、これほど自信につながるとは……。

拓也は調子に乗って、そっと彩也香のスカートの上からヒップを撫でまわした。

彩也香は嫌がらず、それどころか、自分から股間を拓也の太ももにこすりつけてき

て、

「んっ……あっ……」

と、淡い吐息を漏らしはじめる。

その仕草に、どくどくと全身の血が脈動するくらい、興奮した。

(彩也香さんだって、エッチじゃないかっ……)

拓也はヒップをさすっていた右手を、彩也香のスカートの奥に忍ばせた。

「……！」

彩也香がビクッとして、ギュッとしがみついてくる。

(うわあ……彩也香さんの、もうアソコが熱くなってる)

中指と人差し指で股間をいじる。

パンティとパンスト越しにも、ぐにゅりとした恥肉のたわみが伝わってきて、

「うっ！　ンんっ……」

彩也香は声を漏らしそうになったのか、拓也の肩に顔を埋めた。

温かな息がハアハアと肩にかかる。

と同時に、人妻の妖(あや)しい熱が、亀裂の奥からにじみ出てくるのを感じる。

「もうパンティがムンムンとして熱くなってますよ……」

こっそり耳元で煽ると、彩也香はイヤイヤと小さく顔を振る。

恥ずかしがっている。

だけど腰が微妙に動いている。

「だ、だめ……も、もう、よして……」

彩也香が抗う言葉を紡ぐ。

「濡れちゃうから？」

さらに煽るように言うと、彩也香がまた脇腹をつねってきた。

だがつねるばかりで抵抗はしない。

（いいんだな……ようし……）

許されたと思い、しつこくパンティ越しに亀裂をゆるゆるといじると、

「あっ……あっ……」

と、もう彩也香は口を閉じることもできず、うわずった声を漏らして、腰を前後にくねらせて拓也の指を味わおうとしてくる。

だめなのに……だけどもっと欲しい。

その腰の動きがたまらない。

（やっぱりエロいな……彩也香さんって……）

すぐそばに大勢の人がいるのに、いやらしいことをされて、それでも欲しがっているのだから、かなりの好き者なのだろう。

（だったら、もっとだ……）

拓也は思いきって彩也香のスカートをたくしあげて、パンティの上端から手のひらを滑り込ませていく。

「あっ」

彩也香は驚き、わずかに小さな声を漏らして、拓也を抱きしめる。

パンティの中のスリットが蜜であふれていた。

目を合わせると、彩也香は、

《いやっ》

と、ばかりに肩に顔をつけて表情を隠す。

「彩也香さん、おまんこがぐっしょりだ。電車で痴漢プレイされてこんなに感じるなんて」

耳元でささやく。

人妻はわずかに真っ赤な顔をあげ、

「そ、そんなこと……言わないで……ああっ……」

喋っている途中で、またイヤイヤした。

拓也がパンティの中で、濡れ溝をこすりあげたのだ。

「くっ……」

彩也香がしがみつきながら、小刻みに震えてきた。

さらに激しく肉溝を上下になぞっていると、上方部にこりっとした小さな豆があり、それに触れると、

「うっ……！」

彩也香はビクンと肢体を踊らせて、それを恥じるようにまたイヤイヤする。

「だめ……もう立ってられない……」

彩也香が見あげてきて、小声で訴える。

もう美貌はすっかりとろけていて、今にもキスしたくなるほど、口元のほくろが色っぽく見えていた。

「だめです。イカせますからっ」

欲情した拓也は指を鉤のように曲げ、その下の小さな入り口から、ぬるりと膣内に侵入させた。

「あんっ……ゆ、指が……私の中に入って……」

彩也香が今までになくガクガク震えた。

「だめってば……もう」

「おねだり……してください」

耳元で言うと、彩也香がハッとしたような顔をした。

「拓也くん……いやらしい、いやらしいわ……そんなこと……」

「言わないと、ここでやめます。僕にやったように、寸どめですから」

彩也香は眉をひそめていたが、やがて瞳を潤ませて拓也の耳元に唇を寄せた。

「お、お願い……拓也くん……ちょうだい。指じゃなくて、あとであなたのオチンチンいっぱい入れて……私のこと……ぐちゃぐちゃにして……」

隠語を聞いて、猛烈に昂(たか)ぶった。

拓也は指で奥を攪拌(かくはん)する。

彩也香がしがみついて、腰をうねらせてきた。

「あん……恥ずかしいこと言わせてっ……ホントにエッチよ……あ、あっ……」

小さく喘いだ彩也香は、顔を肩に埋めながら、腰をびくっ、びくっとさせ、やがてがっくりとして、その身を預けてくる。

(イッ、イッたよね、これ……電車の中で……)

まだセックスでイカせたことはないが、とりあえず、指使いだけは自信がついた気がする。

2

自信は……ほんのちょっとだけ……少しだけついた。

だけど、もちろん不安もあった。

（落ち着け……落ち着けよ……）

今日は千佳子との約束の日。

憧れ続けた美熟女は、拓也のアパートの部屋に来ることになっていた。

朝からずっと、そわそわしっぱなしである。

（シーツも替えたし、風呂で念入りに身体を洗ったし、歯磨きもした。ゴムの用意もばっちりだ）

昨日、コンビニで初めてコンドームを買った。

彩也香は生でヤラせてくれたが、千佳子はそうはいかないだろう。ないとダメとも言い出されかねない。

そして、そのコンドームは枕元に置いてあるし、すでにつけ方は練習してある。

(よし……ヤレる……千佳子おばさんとヤレる……)

朝から興奮してしまい、二度も自慰行為をしてしまった。

それでもまったく昂ぶりがやまないのだから、七年の想いは大きい。

(亜矢、ごめんっ……一回だけだから)

罪悪感がないと言えばウソになる。

(いや、だけど……おばさんが悪いんだ。あのときイタズラして……僕にパンチラをわざと見せたから……こんなことに……)

ピンポーンとチャイムが鳴った。

(き、き、き、来た！　ホントに来たっ)

せっかく替えたばかりのシャツが汗ばむほど緊張しながら、ドアを開ける。

めちゃくちゃ可愛い人妻が立っていた。

(メ、メイクしてくれてるっ。僕のために……)

タレ目がちな甘い目元が、少しラメの入ったマスカラで彩られていて、いつもよりも愛らしい雰囲気だった。

肩までのライトブラウンの艶髪もしっかり手入れされていて、グロスリップを塗ったピンク色の唇が濡れていて瑞々しい。

（おばさんって、ちゃんとメイクをすれば、ここまで美人なのかっ……すげえ……）

思わず見とれた。

「……拓くん、あがってもいいかしら？」

千佳子が訝しんだ顔をしている。

拓也はハッとなった。

「えっ……あっ……ど、どうぞっ」

慌ててスリッパを出す。

千佳子はパンプスを脱いでそれに履き替えた。

拓也に続いて、千佳子がワンルームのリビング兼寝室に入ってきた。

シングルベッドがあり、それを見て千佳子が恥ずかしそうに目をそらしたのが、はっきりわかった。

（い、意識してる……）

たまらなかった。

部屋が、千佳子の甘い匂いで満たされている。

（濃い匂いがムンムンしてる。おばさん、今日は香水つけてないか？）

完全にのぼせた。

メイクや香水だけじゃない。

無理矢理に抱かれるために来ているというのに、見たことのない膝上十五センチのタイトミニスカートに、身体のラインにぴったりしたVネックニットという、セクシーな格好だったのだ。

千佳子はハアと大きな息をついて、せつなげに見あげてきた。

「さっきからずっとジロジロ見て……なあに？」

「い、いや……だってまさか……僕のためにそんなセクシーな格好で来てくれるなんて思わなくて」

拓也の言葉に、千佳子はムッとした顔をした。

「べ、別に……い、いつもの格好でしょう。それよりどうしたいのかしら、おばさんのこと……裸にしたい？　それとも着たままがいい？」

千佳子はわざとぶっきらぼうに言ってきた。

可愛らしい顔に、ただならぬ緊張感が浮かんでいる。

挑むように強気に見せていても、わずかに震えているようだ。

(彩也香さんに練習させてもらってよかった……ドキドキするけど、少しだけ千佳子

おばさんのことを見る余裕がある)
千佳子は長い睫毛を伏せて、所在なげに部屋をぐるりと眺めている。
落ち着かない様子だ。
何度も結婚指輪を嵌めた指をさすっている。
(くうう……清楚な人妻……たまんない)
たわわな胸のふくらみ。
ムチッとしたヒップの丸み。
可愛らしいルックス。
優しくて、ソフトな雰囲気。
そして……ムンムンとした劣情を誘う色香。
それでいて貞淑さもある。拓也が昂ぶるのも当然である。
(ど、どうしようかな……)
いざとなると、頭が働かなくなる。
彩也香ではなんとかなったのに、相手が千佳子だと、まだだめだ。
拓也が逡巡していると、千佳子は真面目な顔をした。
「言って、拓くん……私を好きにしたいんでしょう？」

千佳子がそう言って、唇をキュッと噛んだ。

その仕草はもう観念している、という悲壮な決意に見えた。

「う、うん……じゃあ、は、裸が見たいよ。おばさんの……」

はっきりと口にすると、千佳子の顔が可哀想なくらいに強張った。

タレ目がちの大きな目が、困ったように凝視している。

だが、やがてせつなげな表情になり、

「わかったわ……でも、お願い……期待しないでね」

半開きの唇から、吐息が漏れた。

千佳子の顔が羞恥に赤らんでいく。

脱がされるよりも、自分で脱ぐ方が恥ずかしいのだろう。

(くうう……困った顔がいいんだよな……)

恥じらいを見せる千佳子に、拓也は欲情した。

睫毛を伏せたその顔に、夫以外の、しかも子どもの頃から知っている男に肌をさらす罪の意識がありありと見て取れる。

「お、おばさん。早く……」

熱っぽくうなされるように言うと、千佳子は、ハアッ……と小さくため息をついて

から、

「わ、わかってる。今、脱ぐから……」

と、スカートのホックに手をかけた。

少し逡巡してから、千佳子はホックを外して、タイトミニを足下に落とす。

（おおおっ……）

パンティストッキングに包まれた下半身が露わになる。

透き通るような乳白色の肌だった。

（ム、ムチムチだっ……）

千佳子は想像以上にいやらしい身体つきだった。

ナチュラルカラーのパンストに包まれた太ももから、豊かな腰まわりにかけて柔らかそうな肉が乗っていて、そこが熟れに熟れきって美味しそうだ。

それにパンティもいやらしかった。

ストッキングに透けるパンティは、精緻なレースが施された高級そうな物に見える。

（下着も、よそ行きだよな……僕のために……）

どんな下着をつけていこうかと考えたのだろう。

くたびれた普段使いじゃなくて、よそ行きの下着を選ぶあたりが、千佳子の生真面目さを感じさせた。

「あん、いやらしい目で見ないで」

千佳子は股間部分を手で隠しながら、恥じらい、太ももをよじらせる。

「だっ、だって……見ますよ。エッチなんだから」

「ううっ……エッチとか言わないで。ただ肉づきがよくなっただけよ。だらしない身体になっちゃったの」

「そんなことな……」

息がつまった。

千佳子がニットの裾を持ち、一気にまくりあげたからである。

(ああ、やっぱり、おっぱい大きい……ッ)

目の前に、ぶるんっと、ド迫力のおっぱいが露出した。

フルカップのレースブラに包まれた乳房は、服の上から見ていた以上の圧倒的なボリュームと重量感だ。

谷間もかなり深い。

「……すごい」

興奮で声がうわずった。

千佳子はニットを首から抜き、続けてストッキングを丸めながら脱いで、ブラとパンティだけの姿になる。

ウエストは細いのに適度に脂が乗っていて、なんとも妖艶だ。

ズボンの中で、屹立が痛いほどにふくらんでくる。

その股間の盛りあがりを、千佳子はちらっと見てから目を伏せた。なんとも恥ずかしそうな表情が男心をくすぐってくる。

「ブ、ブラジャーも……ブラもお願いします」

「わかってるわ……」

戸惑いつつも、

《もう覚悟を決めたじゃないか》

と、決意したような表情で千佳子は両手を背中にやり、ホックを外してブラジャーを足下に落とした。千佳子は慌てて両手で乳房を隠すも、

「手、手で隠さないでっ」

「……ッ」

言われるがまま、千佳子は両手をだらりと下げた。

（おおっ）

巨大なナマ乳房がこぼれ出て、拓也は息を呑んだ。

わずかに左右に広がるおっぱいのすさまじい重量感と、柔らかそうな丸みがたまらなかった。

しかもだ。

大きな乳輪がエロすぎた。

かなりの直径で、乳首も大きい。

乳輪部分は、少しくすんだピンク色だった。

それよりも何よりも、キュートな甘いロリ顔と、熟れきった巨大なバストのアンバランスさが拓也の情欲をさらに駆り立てる。

「お、おばさん……下も、パンティも……」

喉がカラカラで声がかすれる。

夢にまで見て、何度シコッたかわからない。そんな千佳子のナマおっぱいを目の前にして、もう理性は働かなかった。

千佳子は無言のままイヤイヤした。

白磁のようななめらかなデコルテが、朱色に染まってきている。相当恥ずかしいのだろう。

だが、しばらくすると、
《脱ぐしかないのね》
というあきらめの表情で、レースの上品な白いパンティに手をかけるのだった。

3

千佳子は身体を丸めるようにしながら、爪先からパンティを抜き取った。
（うああ……）
漆黒の陰りを見せる千佳子の股間を見て、息がとまった。
思ったよりも濃いめだった。
白い裸体の中で、そこだけが黒々としている。
「ああン……」
千佳子は恥ずかしそうに顔を伏せながら、乳房と股間の茂みを手で隠して震えている。
ここまできたら、押し倒せばいい。
だけど、できなかった。あまりに神々（こうごう）しかったのだ。

(ああ……キレイだ……おばさん)

ふわりとした栗色のツヤ髪。

大きくて甘い目元の優しげな双眸。

ぷるんとした唇に、ひかえめな鼻筋。

四十二歳とは思えぬキュートな可愛らしさを醸し出しているのに、内面は凛とした強さがある。

そのくせ、身体つきは息がつまるほどいやらしい。

首から下の熟れっぷりは、清楚で可愛い熟女とは思えぬほどの、ムッチリした柔らかさに満ちている。

腰はくびれているのに全体が丸みを帯びていて、特に豊満なヒップは、まるで糖分をたっぷり含んだ桃のようで熟成されきっている。

尻肉の盛りあがりは震いつきたくなるほど肉感的で、はちきれんばかりに肥大化して、ムンムンと色香を漂わせていた。

男好きする身体だ。たまらない。

「ああ、お、おばさん……」

もう夢のようだった。

拓也は生まれたままの姿にさせた美熟女に手を伸ばし、抱きしめた。

「だ、だめっ……拓くん、許してッ」

腕の中で千佳子が抗う。

「そんな、だって……一度だけって……」

拓也は息を荒げながら、無理矢理に首筋にキスを這わせていく。

「あんっ……だめっ……やっぱり、だめなの」

この期に及んで、千佳子は拓也を撥ね除けようとする。

カアッと脳が灼けた。

(もうここまできたら……)

無理にでも挿入すればおとなしくなるだろう。

獣性が湧きあがり、ベッドに押し倒そうとしたそのとき、千佳子はキッと涙で濡れた目を向けてきた。

「だめっ……お願いっ……どうしても……まだだめなの……ッ」

真剣な目つきだった。

これ以上したら、本気で嫌われそうな剣幕である。

「そんな……」

だめだった。

千佳子に泣きはらした目で見つめられて、このまま無理矢理なんてできなかった。

抱きしめたいた腕の力を緩める。

すると、千佳子は恥ずかしそうに顔を赤らめながら、

「オクチで……オクチでしてあげるから……」

と弱々しい言葉を吐き出して、拓也の足下にしゃがんだ。

(えっ？　クチ？　あっ！)

目が点になった。

何をするかと思っていたら、千佳子はおもむろに拓也のベルトを外し、ズボンとパンツをずるりと引き下ろした。

ぶるん、とバネ仕掛けのおもちゃのようにイチモツが剝き出しになる。

勃起した先端はガマン汁でぬかるみ、ひどく汗ばんでいる。

「あん、おっき……」

そこまで言って、千佳子は口をつぐんで下を向いた。

(今、おばさん、大きいって……誰かと比べたんだよな。おじさんかな)

誰かはわからないが、千佳子と関係した男のペニスの大きさと比較したのは間違い

ない。

胸を喘がせていると、千佳子はおそるおそる手を伸ばして、汚れた拓也のペニスを撫でてきた。

「あっ……」

思わず腰を引いた。

暴発しそうになったのだ。

(あんなに何度も彩也香さんに手コキされたのに……おばさんの手だと、また違った興奮がある)

彩也香の慣れた手つきとは違い、千佳子の触り方はひかえめだった。

(オクチでって言ってたよな。本気なのかな……お、おばさんが僕の性器を……?)

ウソだろと思っていると、千佳子は美貌を切っ先に近づけてきて、赤い口唇をそっと表皮に這わせてきた。

「くううっ」

ゾクッとした痺れに腰が震えた。

(キスした！　お、おばさんが僕のチンポに……)

あまりの衝撃に、くらっとした。

「ああ、お、おばさん……」

両足で必死に踏ん張りながら、足下にしゃがむ千佳子を見下ろした。

千佳子はせつなそうに眉をひそめる。

いやなのかなと思いきや、目の下はねっとり赤らんで瞳が潤んでいる。

「……あんまりこういうの、したことないの。上手にはできないと思うけど、頑張るから……」

そう言って覚悟したようにギュッと目をつむり、大きく口を開けて拓也の亀頭を咥え込んでくる。

「えっ、う、わわ……ホントに、く、口でなんてっ」

一瞬で意識がとんだ。

4

千佳子が男の股ぐらに顔を寄せて、男性器を口に入れている。

見てはいけない。

そう思うほどに衝撃的な光景だった。

恋い焦がれて、そして女神のように思っていた崇高な女性である。

それがこんな風に、男に奉仕するなんて……。

（おばさん、そんなのだめだよ……くううっ）

と思う一方で、あったかい口中に包まれた感触に、もう虜になってしまいそうな自分がいる。

（く、口の中で、チンポがとろけそうっ！　これがフェラチオ……）

彩也香はフェラをしなかったから、これが初めての経験だ。

（女性の口に頬張られるって、たまらなく気持ちのいいものだったんだ）

しかも相手はずっと恋い焦がれていた麗しき人妻だ。

こんな至福はもうないだろう。

「ああ……き、気持ちいい……」

腰が震えた。

その様子をチラリと見た千佳子は目をつむり、さらに深くまで頬張ってきた。

「くうっ！」

最高だ。

拓也はおもわず天井を仰いだ。

ペニス全体が千佳子の口に包まれている。

とてもあったかくて、粘っこくてぬるぬるして……もう現実とは思えない。

「ああ、おばさんが……チンポをおしゃぶりしてくれるなんて……僕のなんて汚いのに……」

感激して言うと、千佳子はペニスを、ちゅるっと口から放して見あげてくる。

「いけないことだとはわかってるのよ。亜矢にも夫にも顔向けできない……けど、拓くんも気の毒だと思ってるの……だから、してあげるの」

「……うん」

わかっていたけど同情からだと思うと、ちょっと萎えた。

でも……それでも……千佳子のフェラチオは、おざなりではなく献身的だった。

大きく舌を出し、勃起をつかんで上向きにさせながら、根元から切っ先までツゥーッと舐めあげてくる。

そればかりでなく、エラのくびれた部分も舌先で弾いてくる。

「ううっ……ああ……そこは……」

じわりと痺れが広がり、射精したくなってきた。

(ちゃんと気持ちよくさせてくれてる……お、おかしくなりそうだ)

しばらくすると、もっと大胆になってきた。

……じゅるる、ちゅっ、ちゅぷっ……。

たっぷり唾を出した口や舌で、ねろりと肉竿の表皮をこすられる。すると、

「くうっ……！」

むずがゆさが生じてきて、思わず腰を動かしていた。

ちらりとまた千佳子が見あげてくる。

満足げな表情だった。

いけないことをしていると自覚があるも、やはり自分の舌や口で、男を気持ちよくさせるのはうれしいらしい。

そして……いよいよ千佳子は咥え込んで、ゆったりと顔を打ち振ってきた。

「ううんっ……んうう……」

鼻奥にかかる吐息を漏らしつつ、懸命におしゃぶりされると、

「あううっ」

たまらず声をあげてしまう。

窄（すぼ）められた唇が表皮を、ずりゅ、ずりゅ、と滑っていくのが気持ちよすぎる。

(ああ、フェラってすごい……)

震えながら下を見れば、千佳子は眉をハの字にし、優しい瞳をうるうると潤ませて恥ずかしそうな表情をしている。

「おばさん、そんなエッチな舐め顔で……」

言うと、千佳子がムッとして睨んできた。

(チンポを舐めてるのを見られるのって、恥ずかしいんだろうな)

千佳子の可憐な口に、唾液やガマン汁混じりの肉柱が、見えたり、隠れたりしている。

顔を動かすたびに、大きな乳房が揺れている。

(おばさんが……僕を気持ちよくさせようと……おっぱいが揺れるほど激しくおしゃぶりして……)

と、思えば、千佳子の踵(かかと)の上に乗せた丸いヒップが、じりっ、じりっ、と、もどかしそうに揺れているのが見えて、ドキッとした。

「もしかして、おしゃぶりしながら……感じてるの？」

ついつい訊いてしまう。

当然ながら、千佳子は答えない。

だが、

《そんな質問しないで》

とばかりに、陰毛が鼻先をかすめるほど深く根元まで咥え込んで、顔を打ち振ってきた。

(ああ、チンポが全部、おばさんの口の中にっ)

これは気持ちがよすぎる。

限界が近かった。

5

あれほど恥ずかしがっていた千佳子の顔の動きが、いよいよ情熱的に変わってきていた。

「んっ……んっ……んんっ……」

と、鼻声もリズミカルだ。

ぷっくりした唇でペニスの表皮をこすりあげ、さらには咥えたまま、千佳子の舌はガマン汁を噴きこぼす鈴口までも、ちろちろと舐めてきている。

「は、はひっ……」

拓也は腰を震わせて、ハアハアと喘ぐ。

千佳子が見あげてきた。

咥え込んで吸引しながら、くりっとした目が、

《気持ちいい？》

と、尋ねているようだ。

「き、気持ちいい……ですっ」

たまらず言うと、千佳子はふっと笑みをこぼしながら、顔を打ち振るピッチを速めてくる。

「んっ、んっ……んぐっ……んじゅぷっ……」

唾液の音と、千佳子のくぐもった声が混じる。

淫らなおしゃぶりに、ジンとした甘い痺れがうねりあがる。

もう一刻も、耐えられなくなってきた。

「ううっ、おばさんっ、もうだめっ、チンチンの奥がゾワゾワするっ、ああっ、で、出ちゃいますっ」

拓也は震えながらも千佳子の肩をつかみ、勃起を口から抜こうとする。

だが千佳子はイヤイヤした。

「えっ、だっ……だって、ホントに出るよッ」

そう訴えた。

もちろん、美しい人妻の口の中に注ぎたかった。

だが千佳子としては、あんな気持ち悪い物を口の中に出されるなんていやだろう。

なのに、千佳子は拓也の腰をつかみ、逃げられないようにしてから、柔らかな唇で拓也を追いつめにかかってきた。

「おばさん……くうう……だ、だめですっ。おばさんの口の中に出しちゃうよっ」

叫んだときだった。

どぷっ、どぷぷっ……。

そんな音がしそうなほど、千佳子のほっそりした喉奥に向かい、温かくて粘っこいゼリーのような牡汁が勢いよく放出された。

（ああ……）

電流が流れたように全身が痺れ、爪先がピーンと伸びてしまう。

「ングッ！　ううんっ……むううんっ……」

千佳子は一瞬、目を見開いた。

だが、すぐにキュッとつむり、粘っこい子種を嚥下（えんげ）していくのが、喉の動きでわかった。

「あぁっ、お、おばさん、僕のを呑んでるっ」

意識が真っ白になる中で、至福を感じた。

（おばさんの口の中に射精するだけでも天国なのに……まさか、おばさんが僕のを呑んでくれるなんてっ）

本当に夢みたいだ。

「おばさん……ごめんなさいっ。口の中に僕の汚いのを注いでるっ」

震えながら言うと、千佳子は眉根をくもらせつつ、咥えたまま首を横に振って、大丈夫と意思表示してきた。

やがて射精を終えると、千佳子は肉茎を吐き出してから顔を上向かせ、目をつむって、こくっ、こくっ、と喉を鳴らす。

呑みきれなかった精液を喉に流し込んでいるようだ。

心が震えた。

（あぁ……あんな青臭くて、どろっとしたものを……）

つらいだろうに……。

でも、うれしかった。

千佳子はすべて胃に入れたのか、目を開けて大きく息をついた。

「お、おばさんっ……どうして……僕のなんて……の、呑んでくれたの？」

訊くと、千佳子はうっすら笑みをこぼした。

「気持ちよかった？」

「え？　そ、それはもう……腰がくだけるかってくらい、すごくて」

悦びを告げると、千佳子はホッとしたような顔をした。

「呑んであげると、うれしいんでしょう？」

ハッとした。

(おばさん、僕のために……呑んでくれたんだ)

ジーンと感動が湧いてきた。

ここまでしてくれたら……という期待が増していく。

だけど……。

千佳子は潤んだ瞳で、ぴしゃりと言い放った。

「ごめんね。私、これが精一杯なの……」

泣きそうな目でそんな風に言われてしまうと、拓也もこれ以上何もできなくなってしまう。

奪いたい。

だけど、やっぱり……そこまで非情にはどうしてもなれなかった。

第四章　だまし討ちセックス

1

（私の精一杯……か……）

拓也は自室のベッドの上で、先ほどの千佳子の涙を思い返していた。

おそらく。

おそらくだけど、自分のことをそれほど嫌いではないと思う。

だが、もし好意めいたものがあるとすれば、それは母親が息子に向けるようなものなのだろう。

それにだ。

千佳子は堅い性格で、娘思いである。

と、すれば、だ。

フェラチオしてくれただけで、もう十分じゃないかって気もしてくるのだ。

(すごかったな、おばさんの口の中に僕の精液が……)

思い出すだけで、また勃起してしまう。

寝る前に一度抜こうかと思ったときだった。

コンコンと玄関のドアを叩く音がして、拓也はティッシュを取ろうとした手をとめた。

(誰だろう。こんな深夜に……あっ)

夜討ち朝駆けをしてくるような人間を、ひとりだけ知っている。

案の定だ。

また勝手に玄関の鍵を使って、有紀が中に入ってきた。

「ただいまぁ」

顔が真っ赤で、足下がおぼつかないでいる。

相当酔っているみたいだった。

「ただいま、じゃないよっ。有紀姉ちゃん。自分ちじゃないんだから」

まったく……鍵をかけても開けて勝手に入ってくるんだから、おちおちオナニーもできやしない。

「いいじゃない、別に。亜矢ちゃんとはまだ正式につき合ってないんでしょう？」

「そ、そうだけど」

「ならオッケー」

何がオッケーなのかわからないが、有紀はふらふらしたままタイトなジャケットを脱ぎ捨て、白いブラウスと濃紺のタイトミニスカートという格好になる。

（ホント、スタイルはいいんだよなあ）

思わず見とれてしまった。

すらりとした細身ながら、ブラウスの胸は形よくふくらみ。太ももが健康的にムッチリしている。

「あー、眠いっ」

有紀はもう自分の家のように、どさっとベッドにダイブして、うつ伏せたまま、すうすうと寝てしまった。

（まったく、無防備すぎ……襲っちゃうぞ）

と思っても相手は元ヤンである。

拓也は大学生なのだから、今は自分の方が力も強いと思う。

だけど、どうも子どもの頃から苦手なのである。

(まいったなあ……)

服がシワになりそうで心配だ。

「ねえ、ちょっと」

起こそうとすると、

「うっさいっ」

肩越しに睨みつけられた。

そんな怖い目をされたら、迂闊に手が出せなくなる。

「だ、だって……おーい……服もシワになるし……風邪引くってば……」

小声でもう一度起こそうとすると、

「うっさいな。フラれたんだもん。ちょっとは優しくしなさいよ」

有紀が突っ伏したまま、投げやり口調でいきなり哀しいことを言い出した。

「え？　フラれたって……」

詳細を訊こうとすると、また寝息が聞こえてくる。

(なんなんだよ、もう……)

千佳子のフェラの余韻に浸る間もなく、この騒々しさである。

面倒くさいから放っておこうかと思うけれど、やっぱり従姉とはいえ、一つ屋根の下で寝るのはまずいような気がする。

「ね、ねえ……起きてよ、有紀姉ちゃん」

思いきって肩を揺すってみると、

「うーん……」

とだけ言って、有紀が仰向けになる。

拓也は思わず、

「おお……」

と、声を漏らしてしまった。

寝顔だけは、なんとも魅力的だった。

(睫毛、ながっ……つけ睫毛じゃないよね)

切れ長の瞳が閉じている。長い睫毛が伏せられると、勝ち気な美貌は一気に深窓育ちのお嬢様めいた雰囲気に見える。

鼻はひかえめに高く、唇が薄くて品があるのだ。

(キレイだなあ。元ヤンのくせに……こんな美人で、もしホントにフラれたとしたら原因は性格だな)

きっとつき合ってたら、相手を暴力的に従えたりするのだろう。

そういうのが好きな男もいるから、一概にだめだとも言えないが……とにかくけんかっ早い。

(性格は難ありだけど、この美貌とそれに……)

どうしても視線が吸い寄せられてしまうのは、仰向けでもしっかりとふくらみを誇示している、意外に大きな乳房のふくらみだった。

白いブラウスのボタンがきつそうなほど、おっぱいが大きい。

しかも腰は折れそうなほど細い。

ほっそりしたプロポーションのくせに乳房だけが大きいから、余計におっぱいの存在感がすごいのだ。

(いいおっぱいしてるよなあ……)

すらりとしたモデル体型だけど、ただ細いだけじゃなくて全体が丸みを帯びているので抱き心地はよさそうだ。

妄想していると、ムラムラしてきてしまった。

(ゆ、有紀姉ちゃんだぞ……)

と思っても、だ。

粗暴なイメージがあっても、見た目は品のある美しい秘書風なのだから、寝ているだけなら十分なオナペットである。

ごくっと唾を呑み込んだ。

有紀に対して欲情が強くなっていく。

なにせ、千佳子にフェラチオはされたものの、その先はお預けをくらってオナニーしようとしていたくらい性欲が高まっていたのだ。

有紀をじっと眺めつつ、おそるおそる頬に触れてみる。

「ん……んんっ……」

わずかに吐息を漏らすものの、まったく起きる気配はない。

（い、いけるんじゃないか？　ちょっと見るくらい……いや、ちょっと触るくらいならいけるはずっ……）

すうすうと、可愛らしく寝ている有紀の身体を盗み見る。

乳房のふくらみや、タイトミニから伸びる美脚がたまらなかった。

（ちょっ、ちょっとだけだからっ……）

全部は無理でも、おっぱいや太ももだけでも記念に触っておこう。

（よ、よし、触るぞ。起きたら多分、半殺しだろうけど……）

そのリスクがあっても触ってみたいと思わせるほどの悩ましいバストだ。

意を決して手を伸ばした。

そのとき。

「う……ん……」

ぼんやりとだが、有紀が目を開けた。

「ぬわっ！」

思わず飛び退いた。

「な、何もしてないよっ！　ただ、その格好で寝たらまずいって……」

慌てて言い訳するも、有紀は上半身だけ起こしてぼんやりしていた。

手ぐしで髪を整えながら、うつろな目でこちらを見る。

「水」

「は、はいっ」

慌てて冷蔵庫からペットボトルの水を出してきて、キャップを取って手渡すと、有紀はうつろな表情のまま、ごくごくと喉に流し込んでいく。

（さ、触らなくてよかったあ。触ってたら、今頃、この世にいなかったかも）

大げさじゃない。

かつての有紀はそんなイメージである。

（しかし、いい女になったよなあ……惜しかったな）

アルコールのせいだろう。白い肌は朱色にほんのり染まっていて、口紅の塗られた唇は艶やかに濡れ光っていた。

ほっそりした喉が、水を飲んでこくんこくんと動く様が妙に色っぽい。

有紀は飲み終えると、ふうと息をついた。

「ありがと。カズ」

おかしなことを口走りながら、有紀がペットボトルを差し出してきた。

（カズ？）

受け取りながら拓也は首をかしげる。

なんかへんだぞ、と有紀の様子をうかがっていると、いきなり有紀が「ウフフ」と笑ってベッドの上で立ちあがろうとする。

「な、何しての！　有紀姉ちゃんっ……あ、危なっ……」

不安定なマットの上である。

案の定、倒れそうになったので咄嗟に下になって抱きしめた。

（ぬわわっ！）

抱きしめた女体は柔らかくて、甘い女の香りが胸いっぱいに広がってくる。

(有紀姉ちゃんの身体……すげえいい匂いがする……)

思わずそのまま背中からヒップを撫でそうになるが、なんとかその手を押しとどめる。

不可抗力とはいえ、身体を触りまくったら、あとで絶対にどやされる。

「ちょっと……有紀姉ちゃん。飲みすぎだよ……」

どかそうと思って有紀の腰に手をやると、ちょっと位置が悪くてタイトミニスカートがまくれてしまって、ナチュラルカラーのストッキングに包まれた黒いパンティが覗けた。

(おわっ。黒のパンティ!)

慌ててスカートの裾を直してやる。

(すげえ……黒の下着だ……カレシとエッチするつもりだったから、勝負下着なんだろうなあ)

黒いパンティはセクシーすぎたけれど、切れ長の目をしたクール系美女によく似合っていた。

性格はキツイけど、やっぱりいい女だ。

おそらく経験も豊富なんだろう。

（セックスの体位とかフェラの仕方とか、いろいろ知ってるんだろうなあ……）

考えれば考えるほど、またムラッとしてしまう。

初キスも、初セックスも、初フェラも経験して、ちょっとは成長できてる気がするけど、まだまだだから、さらに有紀に教わったら……。

そんなことを思いながら、有紀を抱きしめつつまた目線を下げると、ブラウスの胸元から白いおっぱいの谷間と黒いブラジャーが見えた。

（ブ、ブラちらっ！）

当然ながら反応した。

すでに黒いパンティを見て硬くなりはじめた股間が、いきなりマックスまでググッと持ちあがってしまう。

（やばっ……）

慌てて有紀の顔を見る。クスクス笑っていた。

「あん……いやだ、もう……カズったら。ちゃんとあたしに欲情してるじゃない」

だからカズって誰なんだと思っていたら、有紀が顔を近づけてきた。

「うつ、酒くさっ」

よく見れば、有紀の目の焦点が合っていない。

（すげえ酔ってるな……）

とにかくこのふにょとした女体を、どかさなければ。

「あ、あの有紀姉ちゃん……とにかくどいて……」

「何よう。カズ。戻ってきてくれたんでしょう？」

そこでハッとした。

（有紀姉ちゃん、カレシと僕のこと間違えてる？）

まさか、と思ったが、有紀の甘えた口調は、どう考えても普段は横柄な態度で接してくる従弟に対するものではなかった。

「うふんっ、カズぅ……」

恥じらいがちの有紀の顔が近づいてくる。

「えっ……ちょっと……有紀姉……んむっ！」

気づいたら、ぷるんとした物が拓也の唇をふさいでいた。

（キ、キス！）

アルコールの匂いと甘い味が、拓也の口の中に流れ込んでくる。

軽くパニックになった。

（有紀姉ちゃんに、僕、キスされてるっ……）

2

拓也は大きく目を見開いた。
気が動転する。
従姉弟でキスをして、法律に触れないのか。
いや触れるわけない。
だけど、酔った女性とキスなんかしてはいけないだろう。
やめさせなければ、と思うのに身体が動かなかった。
性格は粗暴だが、ずっとキレイだと認識していた相手だ。
勘違いでもキスされて、うっとりしてしまう。
されるがままになっていると、
「んふっ……カズ……好きぃ」
聞いたこともない甘えた声を出して、有紀がさらに強く唇を押しつけてきた。
しかもだ。

唇のあわいから、ぬるりとした物が滑り込んでくる。

（うわっ。有紀姉ちゃんの舌が……）

あっという間に、ぬるぬるとした舌で口の中をまさぐられていた。

ねっとりした唾液やアルコールの甘い匂い、それに、ねっとりした舌の感触がたまらなくて、いよいよ拓也の理性がとろけていく。

昔のことを思い出す。

美人だとはわかっていた。

怖かったけど、無防備でホットパンツの隙間から下着が見えていたり、ふくらみかけのおっぱいがタンクトップから見えていたりしたこともあって、ドキッとした記憶もある。

（ああ、有紀姉ちゃん……）

甘酸っぱい記憶がよみがえってくる。

陶然としながら、拓也も舌を動かしてしまっていた。

「んぅ……んうん……」

有紀は甘ったるい鼻声を漏らしながら、拓也の舌をからめとるように、情熱的に舌を動かしてくる。

唾液がしたたり、拓也の唾液と口の中で混ざり合う。

お酒の入った有紀のツバは、なんとも甘くて、くらくらした。

（……キスってやっぱり、いいな……）

目を閉じている有紀の美貌が目の前にあって、ホントに美人の従姉とキスをしているんだ、という実感が身体を熱くする。

理性は完全に飛んでいた。

拓也も目を閉じて、女体をしっかりと抱きしめつつ、有紀の口中を舌でまさぐっていく。

ねちゃ、ねちゃ、くちゅ……。

唾液の音が立ち、口の中が有紀の甘いツバと呼気で満たされていく。

「んふっ……んん……あんっ……カズぅ……ウフフッ」

有紀がキスをほどき、目を細めてきた。

（こ、これはバレたか……）

だが、しっかりと拓也の顔を見ているはずなのに、有紀の目はとろんとしたままである。

完全に酔っ払って、拓也のことを完全にカレシと思い込んでいる。

その勘違いにつけ込むのも悪いけど、でも……このボーナスチャンスを逃したくなかった。

(しかし有紀姉ちゃんって、好きな男の前だと、こんな風に甘えるのか。可愛いところがあるじゃないか)

酔っているから、というよりは、いつも通りに甘えている感じがする。

粗暴な元ヤンの微笑ましい顔を見て、ちょっと愛らしいと思ってしまったら、余計に股間がズキズキしてきた。

それをめざとく感じた有紀が、拓也の上に乗ったまま右手を下げて、ジャージ越しにふくらみを撫でてきた。

「ウフフ、欲情してる……」

「うっ……くぅ……」

拓也は思わずのけぞった。

有紀の触り方が、やたらにいやらしいのだ。

(まずい、キスだけじゃ終わらなくなる)

慌ててその手を外そうとすると、

「だめなの？　ねえ、気持ちよくしてあげるからぁ」

有紀はウフフと笑うと、身体をズリ下げてから拓也のジャージの下とパンツに手をかけて一気に下ろしてきた。

「あっ！　ゆ、有紀姉ちゃんっ……だめっ……おうう」

飛び出た勃起の根元をつかまれて、拓也はビクンと身体を震わせる。

（あああ……有紀姉ちゃんにチンポを触られてるっ）

思わず千佳子と比べてしまった。

千佳子はそれほど慣れていない感じだったが、有紀はもう百戦錬磨で手慣れた感じだ。

ウフッと妖艶に笑うと、硬さや太さを調べるようないやらしい手つきで、肉竿をゆったりとシゴいてくる。

「うわっ……まずいっ……お、起きて、有紀姉ちゃんっ……ぐっ」

いきなりチンポがびくついた。

（なっ！　有紀姉ちゃん、う、うますぎるっ……）

彩也香や千佳子ともまた違う、ちょっと強めのこすり方だった。

甘い痺れに、拓也はハアハアと息を荒げ、それを凝視する有紀の切れ長の目が、妖しくとろけている。

「ウフフっ。ねえん、カズ……今日、オチンチンすごくない？　いつもより硬くなって、おっきいしっ」

目の下をねっとりと染めた有紀はうれしそうに言い、そして握っていた勃起を、いきなり咥え込んできた。

「ぬわわっ……」

衝撃だった。

頭の先から爪先まで電流が流れたように、ビクッとなる。

（今日二回目のフェラチオ！）

今まで一度もされたことがなかったのに、まさか一日でふたりの女性に咥えられるとは……。

（さっき洗ったとはいえ、おばさんと有紀姉ちゃん、僕のチンポで間接キスしてる）

などとおかしなことを考えてニヤニヤしていると、有紀はさらに大きく咥え込んできて激しく唇でシゴいてきた。

（くうう……ゆ、有紀姉ちゃんのフェラチオ……き、気持ちいい……何も考えられない……）

見れば女豹のポーズになった有紀が、ストレートの黒髪をかきあげながら、

「ん、ん……」

と、激しい息づかいで頭を大きく打ち振っている。

温かい口や舌で、じっくりとペニスの表皮をこすられる。

どうにかなってしまいそうだった。

「くうう」

気持ちよすぎて思わず唸ると、有紀が咥えながら上目遣いに見つめてきた。

「ひもひひひ？」

何を言ってるんだと思ったが、どうやら、

《気持ちいい？》

と、訊いているみたいだ。

思わずこくこくと頷くと、有紀はうれしそうにまた、一心不乱におしゃぶりを続けていく。

(あのヤンキーの有紀姉ちゃんが、僕のチンポにご奉仕してるっ)

普段の怖いクールビューティな雰囲気と、目の下を赤らめて恥ずかしそうに咥えているそのギャップが、拓也の禁忌を完全に解禁させた。

拓也は大きく手を伸ばして、有紀のタイトスカートに手を持っていき、豊かなヒップの丸みを撫で下ろした。

「あんっ……」

有紀は口から肉竿を、ちゅるっと吐き出して、甘い声を漏らして身体をビクッと震わせた。

「もうっ、カズのエッチ……」

拗(す)ねて口を尖らせつつ、また頬張ってくる。

(ああ、可愛いな……それに、有紀姉ちゃんって、お尻がキュッとしてる)

ヒップの弾力がすさまじかった。

想像以上だ。

夢中になって、ぐいぐいと指を有紀の尻たぼに食い込ませる。するとすぐに尻肉のたわみが拓也の指を押し返してくる。

(た、たまらない……もうとまらないや)

そのまま手をタイトスカートの中に入れ、パンストとパンティ越しの尻を撫でまわす。

「あっ……ああんっ……」

有紀がフェラもできないくらいに感じはじめていた。

さらに拓也は、その手をヒップから跨ぐらに移動させて、今度は女の恥部をいじくった。

「ヤンっ！」

有紀が恥じらい、首を横に振る。

それでもいじっていると、指先に湿り気を感じてきた。

（あ、あったかい……それに匂いが……）

間違いない。

有紀が濡らしはじめているのだ。

まるで有能な秘書のような美人を自分の手で感じさせている。それが元ヤンの怖い有紀であるのだから、なおさら興奮してしまう。

（くうう……たまんない……たまんないぞ……）

さらにしつこく股間をなぞっていると、もう有紀もガマンできなくなったらしく、

「ああんっ、ねえっ……ねえっ……」

と、甘えるような媚びた声を奏でつつ、自分からブラウスを脱ぎはじめた。

スカートのホックも外してタイトスカートも下ろす。

黒いブラジャーも、パンストとパンティも脱いでみせる。

（おおっ）

いきなり目の前にフルヌードの有紀が現れたので、拓也はもう目が釘づけになってしまった。

（ほっそ……マジでスタイルいいなあ……それに、おっぱいがキレイ……）

ツンと生意気そうにトップが上向いた乳房は、ロケットのように前方に大きく突き出していた。

しかも乳頭部は透き通るようなピンクだ。

経験豊かそうな元ヤンが、脱いでみると清楚なサーモンピンクの乳首をしていることにエロスを感じた。

「なあに、カズ……あたしの裸……初めて見るような顔して……」

有紀がクスッと笑った。

（いや、初めて見たんだよ……有紀姉ちゃんのおっぱい。こんなに形がいいんだ。重力に逆らってツンとしていて、すごすぎるっ）

グラビアアイドルなみの美乳である。

じっくり眺めていると、有紀が恥ずかしそうにしながら、また甘えてきた。

「ねえ、カズ……ゴムは……？」

と訊いてきたので、拓也の熱が一気にあがった。

（ゴ、ゴ、ゴ……ゴムッ！　……って……コンドームだよな）

枕元のヘッドレストにあるはずだった。

いや、あるかないかはいい。

この有紀のおねだりはつまり、セックスしたいっていう意思表示だ。

拓也は軽くパニックになった。

3

（だ、だめだよな。カレシのフリをして、だましうちのセックスなんて……今だったら間に合う……けど……）

葛藤が生じていた。

相手は子どもの頃から一緒にいた従姉である。

親戚であり身内であり、感覚的には姉に近い感じだ。

それでもだ。

気持ち悪いって感覚なんか全然なくて、エッチしたくてたまらない。

（バレたら殺される……けど……）

　心ではわかっているのだが、目の前で美人のグラマーな身体つきを見せつけられてしまうと、もうどうにもならなくて、気がついたら手を伸ばしてコンドームを取っていた。

「ウフッ。つけてあげるわね」

　有紀はコンドームを奪い取ると、袋を破ってピンクのゴムをOの字に咥えてこちらに見せてきた。

（えっ？　な、何するの……うわっ！）

　そのままゴムつきの口でペニスを頬張ると、ぴったりとしたゴムが、肉竿を包むように引き伸ばされていく。

（ゆ、有紀姉ちゃんっ……く、口でコンドームをチンポに被せてるっ。なんてエロいことするんだよっ）

　拓也の興奮はピークに達した。

　有紀はゴムつきの拓也の勃起を握り、そのままゆっくりと蹲踞するように腰を落としてくる。

（えっ、えっ……いきなり上になるの？　騎乗位？）

初めての体位だ。

有紀が自分から大きく脚を広げたから、下になった拓也から有紀の股間が丸見えになった。

(見えたっ、有紀姉ちゃんのおまんこっ……うわっ、こっちもキレイだ)

黒々と茂った草むらの下に、見事なアーモンドピンクの花びらが息づいていた。

ワレ目がわずかに開いていて、そこから薄桃色の粘膜がぬらぬらと濡れて光っているのも、ばっちり見えた。

おっぱいと同じだ。

経験豊富でやりまくっているはずなのに、アソコは清らかな色艶なのだ。

(有紀姉ちゃんって、スタイルだけじゃなくて、おっぱいも、おまんこもすげえキレイなんだなあ……うわっ……もう濡れ濡れ……蜜があふれてる……)

とろとろとしたピンク色の沼地が見えた。

有紀がM字開脚で腰を落としていくと、そのぬかるみに、自分のチンポの先がじわりじわりと近づいていく。

(ああ、入っちゃうよっ……)

どうしようと葛藤している間にも、ワレ目に亀頭が呑み込まれていった。

「あっ……あんっ……」

挿入すると、有紀がうわずった声を漏らした。

下から見あげれば、柔らかな乳房がゆさりと揺れていて、その奥に切れ長の目を潤ませて、せつなそうに眉をハの字にしている美女の表情がある。

（い、いやらしい！　有紀姉ちゃんがこんなにセクシーな顔をするなんてっ）

クール系美女の挿入時のとろけ顔に胸がときめいた。

普段は凛として強気なのに、ベッドの上では男に媚びて、しかもチンポを入れた瞬間にこんな乱れた顔をするなんて最高すぎる。

だが……ちゃんと観察できたのもここまでだった。

有紀が腰を落としきると、いきり勃ったペニス全体が、ぬめった粘膜にくるみ込まれ、気持ちよすぎて意識が白くなった。

（ああ……完全に入ってる……有紀姉ちゃんとつながったんだ……ああ、気持ちいいっ）

従姉とのセックス。

罪悪感はある。

だが、それを凌駕するほどの快楽が全身を貫いていた。

（くううっ……い、いいな……）

温かく、ぬるぬるした有紀のおまんこの感触が、ゴム越しにもしっかり伝わってきて、うっとりと瞼（まぶた）が閉じそうになる。

「ああんっ、カズゥ……なんか今日は元気っ……んふんっ」

尻肉の重さを下腹部に感じた。

有紀が腰を拓也の上に置いて、ずっぽりと根元まで咥え込んできたのだ。

（くううう、全部食べられたっ……と、とろけるっ！）

生でしてないのに、心地よいぬくもりや肉襞のうねうねを感じる。

しかもだ。

有紀の高そうな香水の匂いや、汗ばんだ甘酸っぱい匂い、愛液の湿ったいやらしい匂いもすべてブレンドされ……。

さらにはスレンダーボディのゴージャスさも加わって、視覚や嗅覚や触覚まで征服されたようで、経験人数ひとりの大学生にはお手あげだった。

（た、たまんないっ……もう天国だっ……）

手足がすらりとして長く、腰はしっかりくびれている。

おっぱいの張りも素晴らしく、二十代の若さを誇示している。

お尻のボリュームもいい。

モデル体型でほっそりしているのに、全身が丸みを帯びてふっくらしているのだ。

(有紀姉ちゃんって、ホントにすごいっ。超Ｓ級の女なんだな……)

改めて思う。

従姉でなければ、これほどのいい女とヤレなかっただろう。

乱暴だけど、性格的にも明るくて、しかもこんな風に甘えてくるんだから、つき合ったら楽しいのではないか?

(こんないい女をフルなんて。有紀姉ちゃん、そんな男、もう忘れちゃえ!)

愛おしさが生じてきた。

思わず下から美貌をじっと凝視してしまう。

「な、何っ、カズ……何よ、そんなにじっと見てっ」

有紀が照れて恥ずかしそうだ。

「ねえ、有紀姉ちゃん……じゃなかった、有紀って最高の女性だなって」

正直に言うと、有紀が潤んだ瞳で見つめ返してきて、そして前傾して唇を重ねてきた。

「うふっ、好きっ……ううんっ……だから、もう……どこにもいかないでっ……ううんっ」

有紀が顔に似合わず、殊勝（しゅしょう）なことを言う。

憐憫（れんびん）の情が湧いてきた。

好きだという気持ちを込めて、ギュッと抱擁しつつ、激しいベロチューにふけっていく。

（有紀姉ちゃんっ……可愛い……ンンッ！）

キスしながら有紀が腰を振ってきた。

（あああ、す、すごいっ……）

膣肉の摩擦で血流が増し、勃起がさらにギンと硬くなっていく。有紀がキスをほどいて大きくのけぞった。

「あんっ、やだっ……お、奥にっ……奥に当たるぅ……ああんっ」

拓也はさらに下から腰を跳ねあげる。

「ああ……ああんっ、だめっ……いっぱい下からこすられたら、あたしっ」

いよいよ、有紀の乱れっぷりが大きくなってくる。

くいっ、くいっ、と豊満なヒップを揺すり立てられると、亀頭が締めつけられながら前後に揺さぶられて、一気に陶酔が訪れてくる。

（気持ちいい……ッ）

負けじと手を伸ばし、揺れ弾む乳房をとらえて乳頭部をいじる。

すると、

「あんっ、カズっ……そんなことしちゃ、だめえっ……乳首が弱いって知ってるくせに、あん、あああんっ」

かなりいいのだろう。さらに腰づかいが速まった。

にちゅ、にちゅ、と卑猥な性交の音が響き、昂ぶった有紀の汗が、拓也のTシャツの上にぽたりと落ちる。

「ああんっ……だめっ……ああっ、はあああん」

有紀の顔は淫らにひきつっていた。

きりきりと眉根が寄って、潤んだ瞳を細めてくる。

下からしゃくりあげながら拓也も見返すと、有紀は薄い上品な唇を震わせて、ハア……ハア……と、妖しく息を弾ませている。

そんな有紀のいやらしい姿を見て、昂ぶった。

射精への渇望がふくらみ、もう爆ぜそうだ。

「くあああ……も、もう……ああ、で、出ちゃうっ」

「あんっ、いいよっ、イッてっ……ああ、あ、あたしも……ねえ、ねえっ、一緒に、一緒にいこっ」

いじらしくて、可愛らしくて愛おしかった。

「ゆ、有紀姉ちゃんっ！」

最奥を突きあげたときだった。

「ああん、イクッ……イッちゃううう！」

有紀の身体が弓のようにしなって、膣肉がペニスを食いしめてきた。

「ぐうう！」

たまらず射精した。

すさまじい快楽で、腰がブリッジしたように浮いて、身体が痺れるような感覚が全身に広がっていく。

もう何も考えられない。

ただただ痙攣（けいれん）を起こして、ゴムの中に欲望を注いでいく。

「あんっ、すごいっ……ビクビクって……ゴム越しにも熱いのわかるっ……はああんっ……あ、あたし……もうだめえ……」

有紀の腰がガクンガクンとうねってきた。

（うわあっ、すごいっ……この締めつけ方……彩也香さんより強いっ）

熟女の優しい締めつけの比ではなかった。

もう搾り取るような激しい食いしめだ。そんな風にされたら、欲望を爆発させてしまうのも無理はないだろう。

4

「ああ……ウソでしょ……」

うっすらと有紀の声が聞こえてきて、拓也は目を覚ました。

ぼんやりとした視界の中で、素っ裸で体育座りしていた有紀が、精液の溜まったコンドームを目の前に掲げて、大きくため息をついていた。

彼女は手慣れた様子でゴムの口を縛り、ゴミ箱に捨ててから、長い黒髪を手でかきあげて、また嘆息する。

どうやら、昨夜のことを思い出しているようだ。

これは黙っていると大変なことになる。

ちゃんと説明しなければ。

「あ、あの……有紀姉ちゃん……」

おそるおそる声をかける。

すぐに殺気満々の鋭い目で、じろりと睨まれた。

「拓〜あんたねえ……なあんであたしとヤッたのよっ！　あんたのこと弟みたいに思ってたのにっ、けだものっ」

目を細めた有紀が、引っかくようなジェスチャーをして威嚇してくる。

「ひっ」

拓也は毛布を被り、慌てて「ストップ、ストップ」と手を広げる。

「ま、ま、待って……有紀姉ちゃん！　ま、間違いだって。有紀姉ちゃんの方から襲ってきて……僕のことをカレシと間違えたんだよっ」

「カレシ？　カズのこと？」

有紀が、うーんと唸ってから、また息をつく。

「……確かにそうかも。カズとエッチしてたような……あれが拓だったかあ。ねえ、でもあたしが酔って勘違いしてるってわかってたんだったら、拒めたでしょう？　なんでそのまま入れちゃうのよっ」

「お、覚えてるの？　挿入した感覚」

訊くと、有紀は赤くなって目をそらした。

「なんとなく思い出したわよ。あたしが腰を落としたら、硬いアレが奥まで入ってきて……なんか今日は奥まで届くなあ、気持ちいいなあって……バカッ……何を言わせるのよっ」

バシッと肩を叩かれた。

ごめんなさい、と謝ろうと思ったのだが、謝ってもいいものかと考えてしまう。

有紀はけんかっ早くて怖い存在だった。

だけど、そんな強気な有紀が、男に頼りきって女のキュートな部分を見せてきたのである。

キュンキュンした。

だから、言い訳はもうやめた。

「だって、僕、その……有紀姉ちゃんとヤレて、うれしかったんだもん……」

告白すると、さらにキツく睨みつけてくる。

「はあ？　うれしかったって……いいオナホだったたってこと？」

すごまれて、滅相もないと首を横に振る。

「違うよ、その……有紀姉ちゃんと、セックスできたのがうれしかったんだって」

「は？」

有紀は訝しんだ顔をしてから、真っ赤になって、拓也が被っていた毛布を引っ剝がして自分の身体に巻きつけた。

「ば、ば……ばかっ……急に何を言い出すのよ」

「ホントだもん。ずっと美人だと思ってたし。怖いけど」

有紀はまた長い髪をかきあげて、ハア、と嘆息する。

「まあいいわ。ゴムつけてたしね。はあ、亜矢ちゃんに顔向けできないわ。それに千佳子おばさんにも」

「え？」

一瞬、時がとまった気がした。

5

「な、なんで、そこで、おばさんが出てくるの？」

拓也が焦って言うと、有紀がきょとんとした。

「……あんた、むかーし、あんだけ大騒ぎしていて記憶がないの？　ウソでしょう。

水沢家と松岡家で面倒なことになったんだから。あんたが小学生の頃だから、十年くらい前」

「十年前？　おばさんと僕？」

必死に思い出そうと考えた。

なんだっけ。

何かあっただろうか……。

ふいにある思い出が、ぼんやりと浮かんできた。

千佳子おばさんが泣いていた。

おじさんとか、おばあちゃんに責められていて……。

「あっ」

断片的だが、よみがえってきた。

よくは覚えていないけど、亜矢が大怪我して、それがおばさんの不注意だったからって、すごく責められていたんだ。

有紀がカラカラと笑った。

「思い出した？　亜矢ちゃんが大怪我をして……千佳子おばさんが目を離した隙だったらしくて、おじさんたちメチャクチャ怒って。おばあちゃんと千佳子おばさん、昔からあんまり仲よくなかったのよねえ」

そこまで言って、有紀が遠い目をする。

「で、そこにきて亜矢ちゃんが事故ったたから、おばさんのせいだって、おばあちゃんたちみんなすごく責めて……まあ人の家庭だからとやかく言うことはなかったんだけど、あんただけは、思いきり首突っ込んだんだよね」

思い出して、恥ずかしくなった。

泣いているおばさんの前に僕が立ち、
おばさんをいじめないで。

いじめるなら、僕が許さない。

好きだった千佳子おばさんが責められるのがつらくて、僕も泣き出して……。

ああ、そうだ。

このときからだ。おばさんを好きになったのは。

パンチラなんか関係なく、もっと前から、おばさんのことが大好きだったんだ。

あのとき、

『おじさんなんかキライだ、僕がおばさんと結婚する』

なんて、大見得を切ったのも思い出した。

（うっわー、黒歴史だ。はっずー）

顔を赤らめていると、有紀がニヤニヤと笑った。

「あんた、ホントはまだ、千佳子おばさんのこと好きなんじゃないの？」

言われてドキッとしたが、千佳子の涙を思い出した。

「いや、だって、相手は奥さんだよ……好きなんて……」

静かに言うと、有紀は意外そうな顔をした。

「あら？　あんた、知らなかったの？　おばさん、離婚するらしいよ」

「は？」

そうか、そんなところまでいっていたのか。

千佳子が寂しい顔をしていた理由がようやくわかった。

「でも離婚したからって、向こうはなんとも思ってないし……」

有紀がニヤッとした。

「そうかなあ。千佳子おばさん、あんたが子どもの頃、すごく溺愛してて、その告白事件があってからも意識してたし……あれは息子を見る目じゃなかった。完全に男として見てたわよ」

「ま、まさかあ……」

「いーや。だからあたしはその気持ちが原因で引っ越したんじゃないかって思ってるのよ。ねえ……久しぶりに会って、どう思ったのよ、おばさんのこと」

「えっ、どうって……」

有紀の言葉を聞いて、ふと思った。

もしかしたら、まだ脈があるんじゃないだろうか。

有紀は肩を叩いてきた。

「千佳子おばさんでも、亜矢ちゃんでもいいけどね、好きならちゃあんと押しなさいよ。じゃないと、あたしみたいになるからね」

「え？」

有紀が珍しく沈んだ顔をした。

「あたしさあ、こう見えても好きな男の前だと、全然だめなのよねえ。もっと押せばいいんだけどさ。ホントこんな後悔ばっかり。ねえ、拓。押しって大事よ。押さないと相手の本音が見えてこないからね」

説教じみたことを言われて、ハッとなった。

ただ、セックスしたいだけじゃない。

千佳子のことが純粋に好きだ。

「ありがと、有紀姉ちゃん」

「へ？　何がよ」

「思い出させてくれて。それでさあ、ついでにもうひとつ頼みが」

「何よ」

「いや、その……どうせ一回やっちゃったワケだし、一度も二度も同じでしょ。もう一回くらいヤッて、セックスを教えて……」

グーで殴られた。

やはり元ヤンは怖いと、改めて思った。

第五章　ずっと欲しかったの

1

空気がひんやりして、いよいよ昼間も寒いなあと思う時期になってきた。

季節が移ろい、少しずつ新しい生活に慣れつつある。

（というか、変わりすぎだけど……）

秋に引っ越してから、生活も意識もすべてが変化した。

亜矢や千佳子と再会し、そしてバイト先の人妻とヤッて童貞を喪失した。

今は亜矢ともいい雰囲気が続いており、それでいて、憧れの人だった千佳子にはフェラチオしてもらい、それで終わりにしてほしいと言われた。

昔からキレイだと思っていた従姉とも関係を持ってしまい、だけど、そこで子どもの頃の出来事を思い出して、千佳子への想いが再燃した。

(なんかすげえな……漫画みたい)

生活ってのは、変えてみるもんだ。

そして。

それでも諦められないことを、ちゃんと伝えようと思って、松岡家を尋ねたのだった。

「おはようございま……」

朝、松岡家の玄関を開けると、いきなり薄いピンクのパジャマを着た千佳子と遭遇して軽く取り乱してしまった。

(ぬわっ……おばさんのパジャマ姿っ……可愛いっ)

髪がぼさぼさでメイクもしていない。

それなのに、タレ目がちの目はパッチリとして、ふんわりとした甘い雰囲気を醸し出している。

(やっぱ、いいなあ……)

千佳子は拓也を見ると、恥ずかしそうに顔を赤くした。

「お、おはようっ……拓くん……亜矢よね。今、降りてくるから」

（意識してくれてるんだな……あのこと……）

まあ当たり前だろう。

なにせ、アレをおしゃぶりして、そして……精液まで呑んでくれたのだ。

「おはよ。拓っ」

階段から亜矢が降りてきた。

今日は一緒に大学に行くことになっていた。

このところ、学内では亜矢と拓也がつき合っていることになっている。

もちろん亜矢もその気だ。

こちらも、亜矢と一緒にいるのは楽しいと思っているし、つき合ってセックスしたいと思っていた。

だが……。

亜矢との一線を越えるのは、千佳子への想いに踏ん切りをつけてからだ。

そんなことを思って千佳子をチラチラ見ていたら、横にいた亜矢が、大きな荷物をどさりと拓也の目の前に置いた。

「何この荷物」

「え？　だって今日は私、玲子のところに泊まるの。やだな。前に拓に言ったでしょ」

「そうだっけ？」

「そうよ。パパも出張だから、ママ、ゆっくりできるね」

亜矢の言葉に、千佳子は顔を強張らせた。

「え、ええ……そうね」

亜矢に返事をしながら、こちらをチラッと見た。

（おばさんひとり……チャ、チャンスじゃないかっ）

千佳子も間違いなく意識している。

視線が合って、千佳子はすっと目をそらす。

その横顔に、

《もう忘れて……私のことは……》

と、冷たく書いてあるような気がした。

「あ、忘れ物した」

亜矢が階段をあがっていく。

千佳子もリビングに戻ろうとしたときだ。

「待って……おばさん！」

呼びかけると、千佳子が振り向いた。

「な、何かしら」

　ニコッとして、なんでもない風を装っている。

　だけど目が泳いでいた。

「今日……話があるんですっ」

「え？」

　千佳子が声をひそめてきた。

「あれで終わりと話したはずよ」

「フェラチオのことですか？」

「ちょっ！」

　千佳子が、シィーッと人差し指を唇に当ててから、さらに声をひそめた。

「ううう……私、拓くんのこと、子どもの頃から知ってるのよ。だから、あれだけでも、かなり勇気がいったんだから」

「わかってます。でも、ちゃんとお話ししたいんです」

　きっぱり言うと、千佳子が首をすくめる。

「曇りのない目で言わないでよ、もうっ……ねえ。拓くんとは、もうそういうことはしないわよ。あのね、私、人妻だし、おばさんだし」

「しません。お話だけです」

真っ直ぐに見つめて言うと、千佳子はハアッとため息をつき、小さく頷いた。

2

その夜。

拓也が訪問すると、千佳子は清楚な人妻らしく、白いニットとモスグリーンのフレアスカートで出迎えてくれた。

リビングのソファに座っている間に、キッチンでコーヒーを淹れてくれる千佳子を眺めていた。

(いいなあ……)

四十二歳。

自分より、ふたまわり近くも年上である。

なのに、見ているだけで身をよじりたくなるくらい、可愛い。

タレ目がちな愛らしい童顔なのに、年相応の色香をまとっていて、熟れきった人妻のフェロモンが匂い立つくらいムンムンとしている。

それだけじゃない。

一緒にいると、楽しいのだ。ただセックスしたいだけじゃない。

（ちゃんとはっきりさせるんだ）

意を決して、拓也はギュッと拳を握る。

「どうぞ」

テーブルにコーヒーカップを置いた千佳子は、強張った表情でテーブルを挟んだ向こう側の二人がけのソファに座る。

「話って……何？」

訝しんだ声だった。

「あ、あの……僕……す、好きですっ」

「ええ……だからそれはわかったから……私が、拓くんの子どもの頃に……そのエッチなイタズラしたからでしょ」

「違うんだ。僕、思い出して……その前からずっと好きだった。おばさんのこと」

「え……？」

千佳子の顔が赤くなる。

「もしかして……あのこと、覚えてるの？　拓くん」

「う、うん……というか、有紀姉ちゃんに言われて思い出したんだけど」

「思い出したって。あれは子どものときの無邪気な感情よ」

「ううん違うよ。今でもはっきり覚えてる。おばさん、僕を抱きしめながら『拓くん、ありがとう』って……ずっと泣いてて……僕、やっぱり忘れられないよ」

「あ、あれは……味方でいてくれたのが、うれしかったのよ。それだけ」

千佳子が動揺していた。

やはりだ。

やはり……ずっと想っていた千佳子の違和感の正体を知りたかった。

「おばさん……僕のこと……どう思ってるの？」

「ど、どうって、何度も言ったわ。息子みたいに思ってたし、亜矢とつき合ってくれるならうれしいし……」

「ウソだ」

ずばり言うと、千佳子は訝しんだ顔をした。

「ウソって……拓くん、何が言いたいの？」

「おばさん、僕のこと意識してるんでしょ……だからその……結婚して欲しいっ」

「は？　えええ？　な、何を……人妻よ、私っ」

「でも離婚するんでしょ？」

「うっ……聞いたのね」

拓也が頷くと、千佳子はまた、ため息をついた。

「そうだけど、だからって拓くんとは……ねえ、私といくつ違うと思ってるの？　えーと、二十三か……ええ？　二十三歳も違うの？　うわあ、私……拓くんと二十三も違うんだあ。当たり前よね、亜矢と同い年なんだから」

どうやら千佳子は年齢を数えて、その違いに改めてショックを受けたようだ。

そして気を取り直して訊いてきた。

「亜矢は？　亜矢のことはどうするのよ」

「僕……亜矢のことも好きなんだ。同じくらい好き。だから僕、ふたりを守りたい」

「ばかなこと言わないでっ。拓くん、自分が何を言ってるかわかってるの？　亜矢と幸せになって」

「ホントにそれでいいんですか？」

真っ直ぐに見る。

千佳子がせつなそうな顔をした。

「おばさんがホントのことを言ってくれるまで、僕……ずっとおばさんのことを思い続けるから。何年も何十年も。だって、久しぶりに再会してからも、子どものときのあの気持ちは全然消えないんだもん……迷惑？」

「そんな、そんなこと……」

千佳子はうつむいた。

そして少し考えてから、顔をあげて語りはじめた。

「私、拓くんが思ってるような女じゃないのよ……嫌な女なの。寂しかったから、あなたを……小学生のあなたを誘惑したわ。好きだなんて言えなかったから」

「えっ……」

今、なんて？

今、確かに……言った。

好きだって。

「……好きよ。拓くんのこと……ホントは息子じゃなくて、ひとりの男の人として。あのとき……亜矢に大怪我させてしまって……夫やお義母さんに責められて。ホントにつらかったの。そのときに拓くんが泣いて私を守ってくれて……うれしかった。でもね……」

そこまで一気に話してから、ひと息ついてまた続きを語り出す。

「でも怖かったの……拓くんのことを好きって感情が大きくなっていって。小学生にこんな気持ちを抱くなんておかしいでしょう？　だから……あなたと離れることにした」

驚いた。

有紀が言ったことは本当だったのだ。

不思議な気持ちである。

ずっと恋い焦がれた相手が、好きだと言ってくれている。

「ごめんね、ちょっとお手洗い」

席を立ってから、少ししたら戻ってきた千佳子は、泣きはらした目がすっきりしていた。

化粧を直してきたらしい。

そして……。

千佳子は拓也の隣に腰掛けて、妖しげな笑みを浮かべてきた。

「なんだっけ……そうそう、それで偶然、あなたと再会して……もうそんな気持ちはなくなっていると思ったのに……ときめいちゃって……私、ずるい女なの」

妙に艶（なま）めかしく口角をあげて、千佳子は続けた。

「あなたにエッチなイタズラされるたび、嫌がったフリをしていたけど、ホントはゾクゾクしてたのよ。亜矢の前でこっそりアソコに指を入れられて、すぐに達したわ。それに、ずっとエッチな目で私を見てほしかったから、あなたのを咥えたり……」

「えっ……？　あ……っ！」

拓也は慌てた。

千佳子が顔を近づけてきたからだ。

(ち、近いっ……)

軽くウェーブした栗色の髪から、甘い匂いが漂ってくる。

大きな瞳が濡れていた。

千佳子は誘惑するように拓也に密着してきたが、やはりまだ抵抗があるのか、真っ赤になってイヤイヤした。

「ああん……やっぱりだめ……私、拓くんのせいで、おかしくなってる……隠していたのに、もうとまらないの……」

「おばさん……もう言わなくていいよっ！」

思わず抱きしめてしまう。

有紀から言われた、ひたすら「押せ」という言葉が頭をよぎる。

こちらから火をつけるんだと、拓也は抱擁を強めていく。

（ああ、お、おばさんの身体……柔らかいっ……）

それに胸のふくらみが思ったよりもすさまじく、抱きしめると、よりその存在感が増して興奮してしまう。

もっと冷静でいたいのに、だめだった。

ずっと恋い焦がれていた初恋の人をこの手に抱いたのだ。

暴走するのも無理のないことだった。

3

強引に唇を奪うと、千佳子はビクッとして慌てて逃れようとする。

だが逃さない。

もっと強く唇を押しつける。

（キスしちゃったっ。おばさんの唇っ……ぷるんとしてるっ）

初恋の人と口づけをしている。

その興奮が、してはいけない罪悪感をはるかに凌駕して、無我夢中で何度も唇を重ねてしまう。

同時にソファに押し倒して、股間の昂ぶりを千佳子の下腹部にこすりつけた。欲情していることを、はっきりと伝えたかったのだ。

「ううんっ……あぁっ……だ、だめっ……」

千佳子がキスをほどいて顔をそむける。

だが、呼気を乱していた。

欲情しているのが伝わってくる。

「……おばさん……僕にすべてを話してくれたんでしょ」

見つめると、千佳子も見つめ返してくる。

瞳が潤みきっていて、息ができなくなるほど色っぽい表情だ。

「で、でも……」

まだためらいはあるようだが、身体の力は抜けている。

「おばさんっ」

思いの丈をぶつけるように、拓也は再び強引に唇を合わせた。

何度も顔の角度を変え、キスを続けながら、ニットの上から胸のふくらみを揉みしだいた。

「んんっ……」

千佳子は唇を奪われたまま、顔をのけぞらせる。

清楚な美貌が、少しずつ淫らに歪んでいく様に興奮しながら、さらにじっくりと乳房をもてあそぶ。

(ああ、やっぱりデカいなっ……それに柔らかいっ)

ニットを持ちあげる乳肉の弾力が、ブラジャー越しにもしっかりと指先に伝わってくる。

(おばさんのおっぱい……僕が揉んでるんだっ……夢みたいっ)

大きく手を開いても収まりきらない大きさで、下からすくうようにして揉めば指先が沈み込んでいく。

ずっしりした量感がたまらなかった。

そのまま一気にニットをまくろうとしたら、千佳子はその手をつかんで、小さくイヤイヤしてくる。

(愛くるしいよなあ、仕草がいちいち……)

眉根を寄せる泣き顔には、女の情欲があふれ出ていた。

(淫らな部分を見せたくないんだな。この恥じらい方……興奮するっ)

ならば、と拓也はキスしながら抱擁を強める。

「んんっ……んううんっ……」

強引にはしない。

優しく、少しずつ心をほぐすようにする。

すると千佳子も抱擁を強めてきて、キスがかなりよいのか、わずかに唇を開いてくれた。

すかさず、濡れた舌を口の中に滑り込ませる。

千佳子がビクッとした。

「んんん……！」

だが、今度は抗わない。

眉根を寄せてつらそうにしながらも、千佳子はなすがままになっている。

(もっと感じさせたい。ひとつになりたいと言わせたい)

子どもの頃から、狂おしいほど恋い焦がれていた。

優しく包み込んでくれるような笑顔。

ゲームで負けそうになると、本気でむくれる可愛らしさ。

引っ越してしまい諦めたこともあったけど、でも好きだ。

はやる欲望を抑えながら、口の中を舌でまさぐっていくと、

「んふんっ……ううんっ」

ついには千佳子の方から、ひかえめに舌を動かしてきた。

（お、おばさんが……ベロチューしてくれてるっ）

いよいよ昂ぶってきたんだろう。

うれしかった。

ねちねちと舌をからませていると、ふいに感動で身体が震えてきた。

（おばさんと本気のキスしてるっ）

甘くてフルーティな呼気や唾を味わい、いやらしく、くちゅ、くちゅ、と舌をからめていると身体が熱くなって、欲しくてしょうがなくなっていく。

もういくしかない。

拓也は千佳子の脇腹からヒップに向かって、じっくりと手でこする。

ウエストは締まっているのに、そこから急激にヒップのふくらみが突き出している感じだ。

可愛いのに、肉体は熟れきっている。

そんなムチムチした熟女の肉体に溺れつつ、いよいよスカートをまくりあげて、太

もものの間からヒップにかけて撫であげると、

「あんっ……！」

キスをほどき、千佳子が恥ずかしそうに身をよじった。

（キュートな反応だ……）

魅惑の太ももをやわやわと手で揉むと、弾力があるのになめらかな触り心地にうっとりする。

そのまま奥に進もうとすると、

「だめっ……」

と、千佳子が拓也の手をつかんでくる。

（あ、また興奮しすぎたっ……）

夢中になってしまって急いてしまった。

ここは冷静になるんだと自分に言い聞かせ、先にセーターをまくりあげる。

白いブラジャーに包まれた乳房が露わになる。

（ああ、すごいっ）

Fなんてもんじゃない。Gカップとかあるんじゃないか。

「ああん……だめっ……」

千佳子はまだ抗う声を漏らすが、抵抗は弱い。

おそらくナマの乳房は一度見られているから、下半身を見られるよりも抵抗が少ないんだろう。

鼻息荒く千佳子の背中に手をまわして、ホックを外してブラカップをズリあげる。

「ああんっ」

千佳子の悲鳴混じりの声とともに、垂涎の乳房が目の前に現れた。

（おおう……）

何度見ても、ため息が出るほどの美巨乳だった。

青い血管を透かすほどの乳白色に、五百円玉くらいの大きなあずき色の乳輪が鎮座している。

わずかに垂れているが、四十二歳にしては張りのあるバストだ。

童顔で可愛いのに、熟れきった巨大なバストとのギャップが、やはりすごい。

（い、いよいよ、いよいよ、おばさんのナマおっぱいに触るっ……）

片方の乳房に手を伸ばす。

揉みしだいただけで、ぐにゅうと形がひしゃげていく。

（なんて柔らかいんだよ。とろけるっ……）

千佳子のおっぱいは、ふにょとしながらも張りつめていた。

素肌はなめらかであるが、おっぱい全体が火照(ほて)ってやけに熱い。

(触り心地が、たまらないよ)

むぎゅ、むぎゅ、と揉みしだいていくと、巨大なスイカのようなふくらみは、いびつに形を変え、乳頭部を少しずつ赤く色づかせていく。

「ああっ……いやあんっ……」

千佳子が恥ずかしそうに首を振る。

まるで少女のように奥ゆかしいほどの反応だ。恥ずかしがり屋なのに、それとは裏腹に身体の反応はすごかった。

(感じやすいのかな……それとも、久しぶりだから?)

いずれにせよ反応してくれるのがうれしくなり、ふくらみを揉みしだきつつ、顔を寄せてトップを軽く頬張った。

「んんんっ……あっ、いやっ……あああっ!」

せつなげに声を漏らすものの、次第に千佳子の顔ものけぞり、乳頭部も口の中でいやらしく円柱状に尖りきっていくのがわかる。

「ああっ……ね、ねえ……ど、どうして……どうしてそんなに慣れてるの?」

熟女は泣きそうな顔で拓也を凝視してきた。

（やばっ。彩也香さんや有紀姉ちゃんに経験させてもらったなんて、言えるわけないよ）

えーと、と少し考え、

「あの……毎日ＡＶ見て勉強してたんですっ。いつかおばさんとこういう風になりたいって。だからＡＶ仕込みで……」

「やだもうっ……そんなに勉強したの？　エッチ……」

千佳子が困ったように眉をひそめる。

だが、こういったやり取りで、少し緊張がほぐれたようだった。

ちゅぱちゅぱと乳首を吸うと、

「あ、あんッ……」

と、ひかえめだった喘ぎ声が大きくなってきた。

「おばさんにいっぱい感じてほしくて……夢だったんです、ホントにこうしておばさんを抱いているのが……」

正直に言うと、千佳子は優しく微笑んだ。

「わ、わかってる……わかってるのよ……私だって、その……告白しちゃったんだから。だけど……拓くんにエッチなことされてるって思うと、すごく恥ずかしくて。だって小さい頃から知ってるんだもん」

耳まで赤らめた人妻は、おっぱいを隠しながら顔を強張らせる。

「じゃあ……まだ、素直にはなれない？　だめ？」

訊くと、千佳子は難しい顔をした。

「だめじゃないけど……小さい頃から知っている子に恥ずかしいことを、いろいろされちゃうなんて……」

「でも……感じてくれてるんだよね。おっぱいの先もこんなに硬く」

言いながら邪魔な手をどけさせて、キュッと乳首をつまむと、

「はンッ！」

と、千佳子は甲高い声をあげ、それを恥じらうようにギュッと目をつむる。

「どう？　き、気持ちいい？」

じっとしていた千佳子だが、やがて小さくコクンと頷いてくれた。

(少しずつだけど、身体を開いてくれてるんだ)

ジーンとした。

二十三歳も年下で、しかも息子みたいに思っている男に翻弄されるのは、恥ずかし

いだろうに。

それでも心の整理をつけようとしてくれているのを感じる。

（ああ、おばさん……）

もっともっと感じさせたいと、拓也は乳輪をぺろぺろ舐め、あずき色の突起を口に含んで、勢いよくチュウと吸いあげる。

「ぁあああっ……」

すると、千佳子の声に悩ましいものが混じってくる。

（よ、よし……もうちょっとだ……）

拓也はシャツを脱ぎ、ズボンとパンツを引き下ろして、生まれたままの姿になって覆い被さっていく。

「……ッ」

千佳子がちらりと股間を見て、目をそらす。

（意識してる……これを入れることを……）

抱きしめつつ、さらに意識させようと、パンストとパンティの上から、硬くなったイチモツをすりすりとこすりつける。

同時に乳首をキュッとつまみ、さらにはひねりあげると、

「あっ……あああっ……あううんっ……」

いよいよ千佳子の喘ぎ声が大きくなって、腰が揺れはじめてきた。

(こ、これはいけるぞ……ッ)

興奮しながら、パンストを脱がしにかかったときだった。

「ああっ……だめっ！　いやっ！」

(えっ……？)

急に抗ったので、拓也はドキッとした。

4

(ホントにだめなのか？)

まだ心の準備が整っていないのか。

千佳子を見ると、しかし、彼女は恥ずかしそうに目線を外してくるだけだ。

(ああ、そうか)

いやがっているのがどうしてか、すぐにわかった。

ストッキング越しのパンティに指先が触れる。

やはりだ。布地が湿っている。

すでに濡らしていたのだ。

「だ、だめっ……」

弱々しく抗う可愛い熟女を押さえつけ、先にスカートのホックを外して引っ張って脱がし、さらに引っかかっていたブラジャーも取り去ると、千佳子はパンストに白いパンティを透かしただけの卑猥な格好になった。

(おおおっ……)

パンストとパンティを身につけただけの、千佳子の半裸を上から眺める。

なんとも熟れきった、いやらしい身体つきだった。

乳房はわずかに左右に広がるものの、十分に丸みを誇示している。

下半身はかなりムッチリしている。

細い腰から急激にふくらむ太ももとヒップがたまらなくて、見ているだけで欲情しまくってヨダレがこぼれそうだ。

視線に気づいた千佳子が、身体を丸めて太ももをにじり合わせている。

羞恥に顔をそむけているが、そのほっそりした首筋がわずかに震えていて、はかなげな女の色気を見せてくる。

（なんてキレイなんだろう……）

改めて惚れ惚れする。

一刻も早く、欲しくなってきた。拓也は千佳子に覆い被さり、丹念に首筋やデコルテに舌を這わせていく。

「あっ……あっ……」

千佳子はうわずった声を漏らし、ゆっくりと身体を開いていく。

感じてきたのを見ながら、豊かな腰に張りついたパンティストッキングに手をやると、

「あ……」

と、ひかえめな声を漏らすも、今度は抵抗しなかった。

（よ、よし……いける）

人妻のパンストをつかんで慎重に剝いていくと、いよいよ白いパンティに食い込む股間が露わになる。

精緻なレースが施された高級そうなデザインのパンティで、清楚な千佳子によく似合っている。

「んんっ……」

千佳子は恥ずかしそうにまた顔をそむけ、太ももをすり寄せる。

（なんだろ……えっ……パ、パンティにシミが……！）

クロッチの中心部に穴型の濡れジミがあるのが、ちらりと見えた。

いやがっても、もうこんなに感じてくれているのだ。

うれしくなって、鼻息荒くパンティをするりと脱がしていくと、濃いめの茂みの下に亀裂が見えた。

ドキドキした。

ここまでは見たことがある。ここから先だ、見たいのは。

（夢にまで見た、千佳子おばさんのおまんこ……）

心臓をバクバクさせながら、よく見えるように千佳子の両足を持ちあげて開脚させた。

「あんッ……だ、だめっ……」

千佳子はさすがにイヤイヤした。

四十路熟女のM字開脚である。

息がとまるほどにいやらしい光景だ。千佳子にとって……いや……女性にとってはかなり恥ずかしい格好だろう。

「あああ……ホントに、だ、だめっ、そんなに見ないで……」

千佳子はミドルレングスの艶髪を乱れさせ、額に汗をうっすら浮かべながら恥じらって、両手でアソコを隠す。

だが、大きなタレ目がちの双眸は潤みきっていた。

(可愛いっ……恥ずかしいのに、でも、アレが欲しいって感じの目つきだ……)

熟女の反応を見ながら、そっと手を剝がしてやって、熱い視線を剝き出しの股間に向ける。

(これが……おばさんのおまんこっ……)

ぷっくりした肉土手の具合がよさそうだった。

縁はさすがに四十二歳の人妻らしく、色素沈着があって黒ずんでいる。

それでも十分に麗しさがあり、ぱっくり開いた内部は、ぬめぬめと蜜があふれた薄紅色の粘膜がうごめいていた。

上部のクリトリスは真っ赤に充血して、物欲しげだ。

ワレ目全体が愛液でびっしょり。

たちこめる磯(いそ)のような匂いは噎(む)せ返るほど濃厚で、鼻先にキツく漂ってくる。

(い、いやらしいな……こんなにいやらしいのか……)

想像以上にエロい女性器だ。

拓也は誘われるように顔を近づけて、亀裂をひと舐めすると、

「あんっ……」

千佳子は腰をビクッとさせて、大きく背中をしならせた。

（すごい……ちょっと舐めただけなのに……か、感度がいいな……）

その声が恥ずかしかったのか、千佳子がM字の脚を閉じようとするので、拓也は両の膝を持って押し広げて、さらに、ぬるっ、ぬるっ、と濡れそぼる内部を舌でこすりあげていくと、

「あんっ……！　あっ……あっ……あああっ……」

千佳子の顔が一気に淫らに引きつっていく。

（こんなに濡らしてるんだ。感じたいんだよな……）

ようしと本格的にしっかり押さえつけ、生温かい舌で、ねちっ、ねちっ、と狭間を上下になぞってやると、

「ああ、ああ、あああッ」

と、ついに熟女は恥じらいも忘れ、気持ちよさそうに哀切な喘ぎを漏らして、ほっそりした顎を突きあげる。

舐めれば舐めるほどに新鮮な蜜がしみ出して、千佳子の表情がうつろになっていく。きりきりと眉が寄り、潤んだ目がとろんとしている。薄い唇は半開きで、妖しく息を弾ませていく。

（くうう、汗の匂いも強くなってきた……もっと感じさせてやる）

拓也は舌を、上部の肉芽に当ててツンとつついた。

「くぅぅぅ！」

千佳子は、もうガマンできない、というように腰をくねらせる。

（やっぱりクリトリスって感じるんだな……）

ならばと舐めるだけでなく、続けざま口に含んでチューと吸いあげると、

「くぅぅぅぅ！　だ、だめっ……」

清楚な顔を真っ赤に染めて、人妻は必死になって身をよじる。

さらにしゃぶるように重点的に責めていくと、

「ホントにだめだって……あ、あっ、あぅぅぅ」

千佳子はビクッ、ビクッといやらしく腰を痙攣させ、ついには両手で拓也の身体をギュッと抱きしめてくる。

「ああ、もうだめっ……ねえ……おかしくなるっ……お願いっ、もうだめっ……」

千佳子が切羽つまって、媚びた表情を見せつけてくる。

そして……ついには腰が動いてきた。

拓也はしつこく肉芽を舌でもてあそんでやる。

すると、千佳子の腰がもっと触ってとばかりにせりあがってくる。

(やっ、やった……おばさんが僕を欲しがっている……恥ずかしいのに、腰が動いちゃうんだな)

とろんとした目つきは、完全に淫らに潤んでいた。

もう欲しいと全身が訴えてきている。

(い、いよいよ……いよいよ……おばさんとひとつに……)

感動で泣きそうになる。

ずっと恋い焦がれていた人だ。

息苦しさが増して、心臓が痛いほど高鳴る。

ソファに仰向けになった千佳子の両足を開いたまま押さえつけ、正常位での挿入の体勢をとるも、千佳子はもう抗わなかった。

人妻は首を横にねじり、ギュッと目をつむっている。

まるで初めてのセックスで不安を感じてしまっている少女のようだ。

5

「い、いきますね」

震える声を絞り出すと、千佳子は小さくうなずいた。

(覚悟してる顔だ……ゴムをつけてないけど……でも、もう……おばさんが欲しがってるんだから……)

不安はある。

だけど、とまらなかった。

拓也は膝立ちになって、千佳子の片方の膝をすくいあげ、いきり勃つモノの根元を持ちながら、ゆっくりと熟女の姫口に向かう。

軽く切っ先を押し当てると、

「ううっ……」

千佳子は目をつむりながら、唇を嚙みしめる。

眉間に深く刻まれた縦ジワから、罪悪感が漂ってくる。

それでも千佳子は身体の力を抜いてくれている。

人妻の貞操観念よりも、拓也とひとつになりたいという欲情の方を強く感じてくれているのだ。

（つ、ついに……いくぞっ）

獣じみた匂いを発する入り口に勃起を突きつける。

入り口は窮屈だった。

だが、狭い部分を広げて突破すると、内部はどろどろにとろけていて、ちょっと力を入れるだけで、ぬるっと嵌まり込んでいく。

（ああ、入った！　おばさんとつながったんだ。うわあっ、あ、あったかい）

たぎった内部が勃起を包み込んでくる。

その心地よさを感じながら、ずぶずぶと奥まで挿入すると、

「ああっ、だめっ……あんっ……大きいっ……ああんっ」

と、千佳子は背を浮かせて悩ましい声をあげる。

（くううう……気持ちいいな……）

とろけた粘膜が、まるで生き物のようにうごめいて、イチモツを食いしめながら奥へ奥へと引き込もうとする。

たまらず前傾する。

すると、

「ああっ……」

千佳子の清楚な美貌が、淫らに歪んだ。

奥まで入ったのを感じたのだろう。

(エロい顔……感じてくれてるんだ……)

千佳子は、挿入の歓喜を噛みしめるように、眉間に深いシワを刻んでハアハアと喘いでいる。

恋い焦がれた人の愉悦に歪む顔が、想像以上にいやらしくて燃えあがる。

もっと腰を入れると、

「あっ、はあああんっ……」

千佳子は身悶えして、拓也に向かって両手を伸ばしてくる。

うれしくなって拓也もギュッと抱擁する。

押しつぶされた乳房の弾力を感じながら、夢心地で抱きしめる。

「ああっ、いっぱい……ああんっ、拓くんので、私、いっぱいになってるっ」

千佳子が叫んだ。

「い、痛くないですか?」

「痛くないわ……でも……すごく恥ずかしいの」

「え？」

千佳子はハアハアと息を荒げながら、見つめてきた。

「だって、拓くんだよ。あの可愛らしかった拓くんのオチンチンが、私の中に入ってるんだもん……信じられなくて……」

「ぼ、僕はもう死んでもいいくらい、うれしいよ」

抱きしめながら言うと、千佳子はようやくうっすら笑みを見せた。

「……うん……わかるわ……私もよ。あなたがずっと欲しかったの……いいよ。いっぱいしてっ……拓くんっ」

うれしすぎる告白だ。ジーンとした。

「し、しますっ。たっぷりと、おばさんの身体っ、味わっちゃいます」

「やだっ……いやらしい言い方……それに、いつまで見てるの、私の顔……」

焦った顔がなんともチャーミングだった。

「おばさんの顔を見ながら動かします。おばさんが僕のチンポで、どんな風に感じた顔をするのか……」

「やっ、いやっ。そんなの恥ずかしいよ。見ないでッ、あううッ」

腰を動かすと、千佳子は一気にとろけた顔をする。

（エロいっ……おばさん……）

もっと動かす。

ペニスの表皮が媚肉に締めつけられて、甘美な刺激が全身を駆け巡る。

（き、気持ちよすぎるっ）

たまらない感触だ。

正常位でもっと突いた。

ぐちゅ、ぐちゅ、と果肉のつぶれるような音が立ち、

「ああ、いやんっ……」

と、千佳子は恥じらいの声をあげ、それがまた可愛らしいので拓也は興奮し、さらに抜き差しのピッチをあげていく。

「あ、あ……あんっ……はああんっ……」

少しずつだが、千佳子が翻弄されていくのを感じる。

気持ちよさそうにのけぞりながら、打ち込むたびに、乳房がゆっさゆっさと縦に揺れる。

そのふくらみを捏ね、乳首を吸いながら、また打ち込む。

「ああ……ああ……あああっ……」

千佳子は首に筋ができるほどよがりまくる。

そして、いよいよ耐えきれなくなったのか、拓也の首にしがみつくようにしながら唇を押しつけ、舌を差し出して、ねちゃねちゃとからめてきた。

(おばさんからベロチューなんてっ……ああ、すごい……)

千佳子は間違いなく夢中になってきていた。

拓也もそれに応えて舌をからめていく。

「う、ンうんっ……ううんっ……」

悩ましい鼻声に、いやらしく動く舌、甘い唾液に、甘酸っぱい汗や体臭、そしてセックスの生々しい匂い……。

ついには千佳子が、もっと突いてといわんばかりに股間を密着させてくる。

ギュッと抱き合いながら、お互いの腰がからみつくようにねばっこく動いて、お互いを欲しがっていた。

彩也香や有紀との情事でも、ここまでイチャイチャしなかった気がする。甘ったるいムードでの結合は、お互いの気持ちが通じているからだろうか。

キスしながら、上から押しつぶすように、ぐりぐりと肉竿をねじ込めば、

「あん、いいわ、はあああっ……アアアアッ……」

千佳子が唇をほどき、愉悦に歪んだ悲鳴を放つ。

どうにかなってしまいそう。

そんな表情だった。

拓也も下腹部に熱いものが溜まっていくのを感じていた。

それでも歯を食いしばってピストンする。

パンパンと肉同士の打擲音が鳴り響き、汗が飛び散りソファを濡らす。結合部はもう汗と愛液とガマン汁でぐしょぐしょだ。

「ああん、だめっ、そんなにしたら、私、ああん、イク……イッちゃうっ……ねえ、私、イッちゃうっ」

千佳子はまるで恐怖にかられるような怯えた表情を見せる。

「イッ、イッてっ……おばさんっ……千佳子さんっ！」

名を呼んで、渾身のストロークを奥まで叩き込む。

「あんっ……あんっ……あんっ……拓くんっ……だめぇぇ……イクッ……」

蜜壺がうねり、ペニスがとろけそうな快楽に酔いしれる。

「くううっ……僕もイクッ……出そうだ……」

千佳子の汗ばんだ肢体にしがみつきながら、耳元で言う。

抜かなければ、と思った矢先だった。

「あんっ、いいのっ、出して……中に……拓くんのちょうだい」

千佳子が愉悦に溺れきった顔で訴えてくる。

「え……で、でも」

「いいのよ……出して……そうしたかったんでしょう？　私は大丈夫だから」

愛らしい顔が慈愛に満ちた表情に変わる。

うれしかった。

もう何も躊躇はいらないと、子宮に届くまで、ズンッ、と突いたときだった。

「ああッ……だめっ……ああんっ……イクッ……イッちゃぅぅ」

千佳子が大きくのけぞった。

ガクッ、ガクッと腰を痙攣させて、膣がギュッと締めつけてくる。

拓也もとたんにこみあげた。

「あ、ああ……出るっ！」

いきなり熱い物が迸（ほとばし）った。

大量の精液が千佳子の膣奥に注がれていく。

（ああ……おばさんの中に……僕のものを放っているっ！）

尿道を走ってしぶいていく感覚が腰から脳天を貫いていき、頭が真っ白になってとろけていく。

「あんっ、きてるッ、すごいいっぱい……」

千佳子は余韻を嚙みしめるように目を閉じていた。

やがて出し尽くして、千佳子の上に突っ伏すと、彼女は、

「気持ちよかった？」

と、耳元でささやいてくれた。

「おかしくなるかと……まだ腰が痺れて……」

「私もよ。すごく気持ちよかった」

憧れの人はうれしそうに、チュッと唇にキスをしてくれた。

第六章　母娘のふしだらな願い

1

翌日。

キッチンで、パジャマを着た千佳子が遅い朝食を用意している。

拓也は起き抜けでそっと近づいていき、後ろ姿を盗み見た。

(な、なんか……おばさんの腰つきが、さらにエロくなったっていうか……お尻もなんか充実してる感じ……)

昨晩から、何度セックスしているのだろう。

まるで七年の歳月を埋めるかのように、拓也は千佳子と交わりまくり、精液が乾く間もないほど何度も注ぎ込んだ。

おかげで腰が痛い。

それでもまだ欲望がとまらない。

千佳子のお尻を見ているだけで猛烈に昂ぶってきて、また股間が痛いほど張ってしまう。

拓也はそっと背後に近づき、こわばりを千佳子のヒップに押しつけた。

「あっ！　んもぅ……さっきシャワーを浴びたときに、したばかりでしょう？　少し休まないと……」

と言いつつ、顔を近づけると、千佳子は当たり前のように唇を重ねてくる。

「だって、千佳子さんのお尻がエッチなのが悪いんだもん」

「そんなこと……あんっ……だめっ……」

ヒップを撫でると、それだけで千佳子の顔はとろけていき、すぐにまたキスをねだるように唇を突き出してくる。

（ああ、夢みたいだ……）

ベロチューすればするほど、千佳子のことが好きになる。

千佳子ももう恥じらうことなく、素直に自分の欲望を露わにして、寝ていてもイチャイチャしてくるのだから可愛くて仕方がなかった。

「ん、んちゅう……むちゅ」

唾液を呑ませ合い、とろけるくらいに抱きしめる。

だが……。

幸せな時間は、長く続かなかった。

「ママ……拓……」

驚いたふたりがキスをほどいて振り向くと、鞄を持った亜矢が肩を震わせて立っていた。

「あ、亜矢……」

拓也は言葉を発したが、千佳子は目を見開いたまま何も言えずにいた。

亜矢は鞄を置くと、ずかずかとキッチンに入ってくる。

「玲子が急に用ができたっていうから帰ってきたの。驚かそうと思ってこっそり玄関に入ったら、拓の靴があって……」

「ち、違うのよっ。これは……」

千佳子が慌てて話そうとしたときだ。

ふいに亜矢がニコッとした。

「もっと早く教えてくれれば、いろいろ考えなくてすんだのに」

「え？」

予想もしなかった亜矢の言葉に、拓也と千佳子は固まった。

「拓、ずっとママのこと好きだったでしょ？」

あっさり言われた。

「は？」

混乱した。

「な、え？　し、知ってたの？」

「当たり前でしょう。子どもの頃から拓ってば、ママのおっぱいやお尻ばっかり見てたし……私、何度も嫉妬したよ」

「う、うん……」

言われてみれば……亜矢がわけもなくムッとして、いきなり怒ったようになることが何度もあった気がする。

「それに昔……私が大きな怪我して……拓が泣いてママのこと庇って有紀さんから聞いてたから……」

「それも知ってたの？」

千佳子が驚いて言うと、

「うん」

とあっさり返してくる。

「だ、だけど……亜矢、でも……僕は……」

「わかってるよ。拓が私のことを好きでいてくれるのは。もちろん私も好きだから、ずっと一番に見てほしいって思う……でもママは……」

そこまで言って、亜矢は真顔になった。

「でも、ママはずっとつらかったんだよ。パパは昔っから、おばあちゃんの言うことばっかり聞いて、ママにつらく当たってた。離婚するって聞いたとき、ホッとしたんだよね……でも離婚すると、ママはひとりになっちゃうし……」

亜矢がこちらを見た。

「だから、拓が支えてくれたらなって思ってた。ママはきっと《私に幸せになってほしい》って思ってるんだろうけど……私も《ママに幸せになってほしい》って思ってるんだよ」

「で、でも……ホントにいいの？」

千佳子はこわごわ尋ねる。

「うん……いやな部分もあるけど、でもママだったら特別。そのかわり、私が拓の恋人で、ママが愛人でどう？」

「はああ？」

ふたりで口をあんぐりさせる。

亜矢がクスクス笑った。

「ママとエッチしてもいいよ。その代わり……ねえ、ママ……私の初体験のとき、つき添ってくれないかな。私、エッチするのってすごく怖かったの」

拓也は千佳子と顔を見合わせる。

ふいに笑いがこみあげてきた。

(親子で……恋人と愛人って)

うまくいくんだろうかと思いつつ、それでも、悪くない予感がした。

2

「んふっ……んんっ……んんっ……」

ディープキスに、亜矢が真っ赤になって、苦しそうに息をする。

(ホントに初めてなんだ……亜矢)

バージンとは聞いていたが、まさか、一度もキスもしたことがないとは思わなかった。

(ああ、亜矢の口ってすごく甘い……)

美少女とのディープキスは、うっとりするほど気持ちよかった。

(これが、あの亜矢なんだもんなあ……)

かつてのボーイッシュな亜矢を思い出しながら、深いキスをして、ようやく唇を離すと亜矢が呆けていた。

「大丈夫?　亜矢……」

千佳子が心配そうに見つめてきた。

「う、うん……」

「いやじゃなかった?」

拓也が訊くと、亜矢はいつもの生意気な顔ではなく、恥ずかしそうにとろんとした目でじっと見てくる。

「いやじゃない……いいよ、拓……そろそろ……して……」

ベッドの上に座っていた亜矢が、真顔になる。

拓也は横にいる千佳子を見た。

「……なんだか複雑な気分よ……でも、拓くんなら、いいわ……」

母親の許しを得た。

じゃあ、いこうかと思ったときだ。

「ねえ、ママ……エッチするとき、私のことギュッとしててくれない？　服を脱いで」

亜矢がおかしなことを言い出した。

「は？　え？　だって……」

「お願い……そうじゃないと怖くて……」

「でも裸になるのは……」

「だって、この場でひとりだけ服を着てるって、おかしいでしょう？　そしたら私も服を脱ぐのは恥ずかしくないし」

亜矢の妙なお願いに、千佳子は、

「困ったわ……うーん……」

しばらく逡巡していたものの、やがて諦めたように服を脱ぎはじめる。亜矢も同じように素っ裸になる。

「じゃあ、いいわ……亜矢、来て……」

ベッドに素っ裸で仰向けになった千佳子が娘に手を伸ばす。

亜矢は恥ずかしそうにしながら、母親の上に覆い被さり、母は娘をギュッと抱きしめる。

（う、うおおお……）

あまりの光景に、拓也は口をあんぐり開けたまま、閉じることができなくなってしまう。

上になった亜矢は、まだ小ぶりのヒップをこちらに突き出して、サーモンピンクの清らかなワレ目を見せつけていた。

下になった千佳子は、熟れたおまんこを見せつけてきていた。

（す、すごい……すごすぎるよ……）

拓也はふらふらとふたりの足下に近寄り、切っ先を、まずは千佳子のワレ目に当てて、ぬぷりと貫いた。

「は、はううう！　た、拓くんっ……それ、私よ……！　どうしてっ……」

相当びっくりしたのだろう。

千佳子は亜矢を抱きしめながら、悲鳴をあげてこちらを眺めてきた。

「亜矢が濡れてなくて……千佳子さんの愛液で濡らしてから挿入しようかなって」

「ホントかしら？　拓くんってエッチだから、親子を一緒に味わおうとしたんじゃない？」

ずばり当てられて、ドキッとした。

「ち、違うよっ……そんなこと言ってないで、千佳子さんっ……いっぱい濡らして」

いきなりフルピッチで千佳子を追いつめる。

「あんっ！　おっき……ああんっ……あっ、亜矢……だめっ……見ないで、私の感じてる顔なんてっ……」

そう言いつつも、もう千佳子のアソコは濡れ濡れだ。

「ねえ、ママ……拓って大きいの？」

心配そうに亜矢が尋ねる。

「ああん……そ、そうね……ちょっと大きいかしら……でも十分に濡らせば……拓くん、痛くしないであげてね……ああんっ……だめっ、そんな激しっ……！」

早くも千佳子の腰がガクガクと揺れて、絶頂に達した。

拓也はずるりと千佳子から肉棒を抜いて、亜矢の小さなワレ目に押しつける。

「大丈夫？　亜矢……」

汗ばんだ顔で千佳子が亜矢に尋ねる。

「うん……さっき拓にいっぱい舐められたし……ねえ、拓……優しくしてね」

亜矢が肩越しに振り向いて、泣き顔を見せてくる。

「う、うん……痛かったら、すぐやめるから……」

男根を亜矢の尻割れに近づけながら、ふいに思う。

（初めてがバックからか……僕と一緒だな……）

彩也香をラブホテルで後ろから貫いた。

あれが初めてで、それから数ヶ月で、もう親子丼まで経験するとは……。

（僕の新生活、ぶっとびすぎだよな）

とは思うのだが、ふたりを愛している気持ちにウソ偽(いつわ)りはない。

ずっとこのまま……三人で幸せになりたいと思う。

「い、いくよ、亜矢……」

「う、うん」

亜矢がギュッと目をつむるのが見えた。

下からは、心配そうな千佳子が、ギュッと娘の身体を抱きしめ、

「大丈夫だから」

と、声をかけている。

（よ、よし……）

思いきって、処女のおまんこにペニスを突き刺した。

（うわっ、硬いっ）

全然チンポが先に進まなかった。確かに濡れているのだが、亜矢が緊張して入り口を狭めているようだ。

「亜矢っ……力を抜いて……」

千佳子は言いながら、娘にキスをした。

（えっ？　う、うわっ……美人の母娘が……キスしてるっ）

衝撃的な光景だ。

だが、そのキスがよかったのか、亜矢の膣の入り口が緩くなり、一気に押し込んで行くと、半分ほど、ぬるっとしたところに嵌まり込んだ。

「ひっ！」

亜矢が悲鳴をあげるも、千佳子が頭を撫でるとやがて落ち着いて、少しずつ身体を和（やわ）らげていく。

（やっ、やった……亜矢ともセックスした……）

だが、とにかく狭かった。動かせる気がしない。

（キッ、キツい……）

半分ぐらいしか入っていかない。だったらと、膣口の浅瀬で出し入れした。

しばらくすると、ぬるっ、ぬるっと温かい蜜がこぼれてくる。

亜矢が初エッチでも濡らしてくれたのだ。うれしかった。

「濡れてきてる……どう？　痛みは……」

訊くと、四つん這いの亜矢は、

「わ、わかんない……なんかおなかが熱くて……」

と、戸惑い気味に答えてくる。

もう少し奥までいけるかなと、グッと腰を入れると、

「ううっ……」

亜矢が震えて、イヤイヤする。

「大丈夫よ、亜矢……もう一回、力を抜いて。深呼吸して」

千佳子が心配そうに言いながら、少しずつ体をずらして亜矢の乳房を、下から仰向けのまま、ねろりと舐めあげた。

「あんっ……」

亜矢がひかえめな甘い声を出し、ビクッとした。

同時にわずかに膣が開いた気がして、拓也はゆっくり押し入れる。

ブツッと何かが切れるような感触があり、ようやく奥まで挿入できた。

「ああ……」

亜矢がぐっと力を入れて、身体をそらす。

「い、痛かったか？」

慌てて訊くも亜矢は、

「ちょっ、ちょっとだけ」

と、肩越しに汗ばんだ笑顔を見せてくる。

「ウフフ。いい子ね。ホントは痛かったんでしょう？　拓くんを想って、ガマンするなんて」

千佳子がまた下から、娘の乳首を優しく舐める。

まるで傷口を癒してあげるような、母性的な行動だった。

(ああ、やっぱり仲がいいな……くうう、どっちも好きだよ、決められない)

拓也は改めてふたりを想いながら、馴染ませるようにゆったり出し入れする。

「あっ……ああん……ちょっと痛みがひいてきたみたい。やん……なんか、拓のオチンチンが、私の奥で脈打ってる。ああん……なんか……」

「それがセックスよ。好きな人のを受け入れるって、気持ちいいでしょう？」

「うん。あ、拓……だめっ……あん……やっ、あん……」

少しずつだが、慣れたようだ。

亜矢が甘い声をあげはじめた。

「拓くん、出そうだったら、私の中に出してね。亜矢はまだダメだろうから……」

千佳子の言葉に亜矢は首を振った。

「……いい。出して、拓……私の中……」

「えっ……でも……」

「いい。私、拓にだったら……ねえ、ママ、いいでしょ？」

千佳子は驚いた顔をするも、すぐにふっと笑って、

「いいわ。ふたりがいいなら……でも、ママも欲しいわ」

そう言って、また母娘はキスをする。

禁断の親子丼は、不謹慎かもしれないが幸せを感じた。

もうふたりのことは絶対に放したくない。そう心に誓うのだった……。

エピローグ

『私はあなたのことが好きです。

世界で一番、誰よりも。

ホントよ。

ウソじゃなくて、あなたに抱かれて眠るとき、すごく安心できて幸せでした。

拓くんは優しくて、努力家で。それに一途で。

あのとき……あなたが子どもの頃に私を庇ってくれたとき、私は誰かに守られてるって感じられて、すごくうれしかった。

拓くんが子どもでも、私は救われたの。

拓くんが私の心を温めてくれたのよ。

亜矢との三人での恋人生活も、すごく楽しかった。

拓くんを取り合いしたり、三人でアレをしたり（書いてて恥ずかしいわね）。

幸せだった。

でも、でもね。

この関係は続けてはいけないの。私は四十二歳で、あなたたちは十九歳。私は年をとっていき、あなたたちは、もっともっと魅力的になっていく。

私はどうしても現実を見てしまうの。

もしこの関係が他人に知られてしまったら。

もし私が年を取って、あなたたちの足手まといになってしまったら。

いろいろ考えると、私はこのままではいけないと思ったの。

たくさん考えての結論です。

亜矢と幸せになってください。

お願いです。

松岡千佳子　』

今どき古風と思える手書きの手紙をベンチに置いて、拓也は空を眺めた。

冷えきって澄み渡る青空が、目に染みるようだった。

ふと前を見れば、高校生らしき学生服の集団が、黒い筒を持って陽気に笑いながら公園を横切っていく。
(あれって卒業証書だな……そっか、もう卒業シーズンなんだなあ)
公園にある木が芽吹きはじめている。
おそらく桜だろう。
もうすぐしたら、この公園も桜色に色づくに違いない。
まだ肌寒い三月だけど、季節は着実に移ろい、春の準備をはじめていた。
(二十歳か……)
自分も、そろそろ卒業しなければならないのかもしれない。
子どもの頃の甘酸っぱい思い出は捨て去り、大人になる時期なのかも。
もう一度、空を眺めた。
先ほどよりも、青空の眩しさが目に染みて、拓也は何度も手で目の下を拭うのだった。

*

「おめでとう、拓也くん。あら、素敵ねえ」

シックな淡いブルーのワンピースを着た彩也香が声をかけてくれた。

「彩也香さん。ありがとうございます」

少し照れた。

彩也香も目の下を赤く染めている。

「背が高いから、拓也くんってタキシードが似合うのね」

そこで彩也香は、耳元に口を寄せてきた。

「だから、立ったまま、するのはつらかったでしょ？」

ウフフと妖艶に笑う人妻に、拓也は苦笑いするしかない。

亜矢との挙式は素晴らしい日本晴れで、海の見えるホテルには、多くの人が訪れてくれた。

純白のウエディングドレスを着た亜矢は、神々しいまでの美しさだった。

亜矢を狙っていた大学の友達が、祝福とも嫉妬ともとれる本気のグーパンチを何度も肩にあびせてくるものだから、おかげで左肩がずっと痛い。

「お幸せにね」

彩也香が微笑んだ。

彼女は旦那との関係を戻して、今は幸せな夫婦生活らしい。

「拓、ほら早く並んで。写真撮るから」

赤いドレスの有紀が手を引っ張ってくる。

「有紀姉ちゃん、今日はあんまり飲まないでよね」

注意すると、有紀はギュッと脇腹をつねってきた。

「いたたた」

「……余計なお世話。それより、あたしがセックスの練習つけてあげたから、亜矢ちゃんや千佳子おばさんとうまくいったんでしょう。レッスン代、欲しいくらいよ」

有紀がむくれて言う。確かに有紀とはあのあともエッチした。

だけど、それを今さら言われては困る。

「ちょっと……滅多なこと言わないでよ。お義母(かあ)さんは関係ないんだから、もう」

「あっそ。ほら、亜矢ちゃんと並んで」

有紀に引っ張られて亜矢の隣に立つ。

生意気な亜矢が、今日はおしとやかすぎて、ドキドキしてしまう。

「可愛いカップルねえ」

「いいわねえ」

参列者が褒めながらカメラやスマホを構える。

すぐに撮影会がはじまった。なんだか芸能人みたいだ。

ようやく撮影が終わると、ピンクのドレスを着た千佳子が拓也の前に立った。

「……お義母さん……」

「拓くん。素敵だわ……これから亜矢のことよろしく頼むわね」

タレ目がちな大きな目を細め、可愛らしく微笑む初恋の人に胸が熱くなる。

「ありがとうございます。え？」

そのときだった。

親戚縁者のいるホテルのロビーで、千佳子は拓也にキスしてきたのだ。

わずかな時間だった。

すっと離れた千佳子が、優しく微笑んだ。

拓也も微笑む。

「これからもよろしくお願いします、お義母さん」

「ええ、よろしくね」

ふたりの間に落ちてきたのは、美しく色づく桜の花びらだった。


（了）

※本作品はフィクションです。作品内に登場する団体、人物、地域等は実在のものとは関係ありません。

とろめき熟女と夢の新性活

〈書き下ろし長編官能小説〉

2022年11月7日　初版第一刷発行

著者……………………………………………… 桜井真琴

ブックデザイン…………………橋元浩明(sowhat.Inc.)

発行人……………………………………………後藤明信

発行所…………………………………株式会社竹書房

〒102-0075　東京都千代田区三番町８－１

三番町東急ビル６F

email：info@takeshobo.co.jp

http://www.takeshobo.co.jp

印刷所…………………………… 中央精版印刷株式会社

定価はカバーに表示してあります。